KB005196

딴짓
좀
하겠습니다

딴짓
좀
하겠습니다

박초롱
지음

나를 잃지도 않고
하고 싶은 일도 하고

바다출판사

들어가며

딴짓을 권합니다

해마다 봄과 가을이면 광화문 세종문화회관 뒤뜰에서 '소소시장'이 열린다. 독립출판물 전문 플리마켓이다. 별 좋은 날 야외에 앉아 있는 것이 좋아 4년 전부터 꾸준히 참여하고 있다. 이곳에 가면 독립출판물을 만드는 다른 저자들을 만날 수 있고, 온라인으로만 만났던 독자와 이야기도 나눌 수 있다. 한번은 옆자리에 앉은 외국인 셀러가 물었다.

"'딴짓'이 무슨 말이에요?"

"딴짓이요? 음, 그러니까. 그러게. 그게 영어로 뭐지?"

짧은 영어 실력으로는 제대로 된 답을 해 줄 수 없어

주변 사람들에게 물었지만, 누구도 딴짓에 상응하는 적합한 영어 단어를 찾아내지 못했다.

"Something else 아닐까?"

"Get off the subject?"

"Not paying attention?"

딴짓을 여러 문장으로 풀어 설명할 수는 있었지만 정확히 떨어지는 한 단어는 찾기 어려웠다. 우리말에만 있는 단어인가 싶었다. '딴짓'은 해야만 하는 무언가, 즉 '본짓'이 있어야만 성립되는 단어다. 공부를 해야 하는데 만화책을 본다거나, 보고서를 써야 하는데 웹툰을 보고 있을 때 우리는 딴짓한다고 말한다.

사람들은 취미생활을 권장하면서도 그것이 지나치면 경계한다. 농협에 다니면서 그림을 그리는 친구는 스스로를 화가라 소개하지만, 그녀의 부모님은 자식의 직업이 은행원이라 믿어 의심치 않는다. 공기업 사원이지만 살사에 미쳐 승진 시험을 포기하고 공연을 준비하던 선배는 아내에게 몇 달이나 구박을 받았다.

이렇게 사회적으로 천대받는 딴짓이지만 그럼에도 불구하고 이에 대한 니즈는 많다. 왜 그럴까?

하나, 딴짓을 하면 자신에 대해 알 수 있다.

생각보다 많은 사람이 자기가 무엇을 좋아하고 잘하

는지 알지 못한다. 해 본 적이 없으니 당연하다. 고등학교까지는 공부 외에 웬만한 취미활동은 허락되지 않는다. 취업이 어려워지면서 동아리 활동이나 여행을 통해 다른 경험을 할 수 있었던 대학도 입시 학원처럼 변해간다. 자신이 무엇을 좋아하는지 모른 채로 어른이 되면, 정말 좋아하는 게 없는 사람이 된다. 그런데 딴짓을 통해 이런저런 일을 조금씩 경험하다 보면, 자기가 어떤 일을 좋아하고 어떨 때 기쁨을 느끼는지 찾을 수 있다.

둘, 딴짓을 하는 순간은 오롯하게 자신의 것이다.

밥벌이에 치이다 보면 스스로를 위해 의미 있는 활동을 할 시간을 잡아먹힐 때가 많다. 딴짓은 소소할지언정 분명하게 그 시간에 대한 의미를 준다.

내게는 '우드카빙'이 그랬다. 나무와 칼만 있으면 무엇이든 뚝딱 만들어 낼 수 있는 그 원초적인 매력이 끌려 들었던 수업이었다. 초보자라 버터나이프 하나 만드는 데만 네 시간 가까이 걸렸다. 그 시간 동안 나는 누군가와 말을 하지도, 다른 생각을 하지도 않고 나무깎기에 매달렸다. 그렇게 아무 생각 하지 않고 무언가에 몰두한지가 얼마만이었는지 몰랐다. 명상을 하고 난 것처럼 개운했다. 우드카빙 수업에는 열 명 정도가 모였는데, 그 누구도 다른 사람과 대화하지 않았다. 우리는 그곳에서 함께 있으면서도 각자 혼자 있었다.

프로딴짓러라는 별명에 맞게 독립 잡지 《딴짓》을 만들었던 5년 동안에도 나는 부지런히 다른 딴짓을 했다. 시골에서 1년을 살아 보았고, 태국의 작은 동네에서 한 달, 남미에서 석 달을 머무르기도 했다. 연극을 취미로 배웠고, 남들한테 들려줄 실력은 못 되는 정도지만 기타도 쳤다. 한때는 인테리어에 열을 올리며 냉장고며 의자에 온통 페인트칠을 하며 지내기도 했다. 집에서 소규모 영화제를 열었고, 주변 사람들을 다 불러 모아 자주 파티를 열었다. 석고방향제나 클라이밍 원데이클래스도 종종 기웃거렸다. 얼마 전부터는 농구를 시작했다.

이런저런 딴짓을 하려는 게 나뿐만은 아니다. 신촌에서 열렸던 '딴짓박람회'라는 축제를 기획하면서, 다양한 문화예술을 즐기는 사람들을 만났다. 딴짓박람회는 춤, 음악, 마술, 연극 등 사람들이 즐길 만한 딴짓을 한곳에 모아 놓은 축제였다. 강사로 초빙된 사람들 중 일부는 그것이 직업이었고 또 일부는 취미였지만, 그것을 구분할 수 없을 만큼 열정은 대단했다. 수익이 되느냐 되지 않느냐가 꼭 그 일을 하는 사람의 열정을 가늠하는 척도는 아니었다. 내가 콜라보하는 작업 중에는 딴짓을 장려하는 사람들을 위한 커뮤니티 '딴짓클럽'도 있다.

이곳에서는 딴짓 좀 한다는 사람들이 딴짓을 장려하는 강의도 한다. 또 어른을 위한 진로상담 프로젝트인 '딴짓캠프'도 준비 중이다.

누군가에게는 딴짓이 단순한 취미가 될 수도, 혹은 미래를 위한 투자나 투잡의 기회를 엿보는 실험의 장이 될 수도 있다. 버트런드 러셀은 《행복의 정복》에서 좋아하는 것이 많은 사람은 행복할 일도 더 많다고 말했다. 딴짓을 하는 건 좋아하는 일을 더 많이 가질 수 있는 기회다. 언젠가 우리말에 '딴짓'이 없어졌으면 좋겠다. 모두가 딴짓을 하는 것이 너무 당연해서 그런 말이 필요 없어졌으면 좋겠다. 그날이 오기 전까지는 아마 이렇게 말하지 않을까.

"딴짓 좀 해."

차례

직업이 무엇이냐는 질문의 고리타분함

처음 만나면 우리가 하는 질문들은 비슷하다.

이름이 뭐예요?

나이가 몇이죠?

만족스러운 대답을 얻고 나면 대개 이렇게 묻는다.

무슨 일 하세요?

직업이 뭐냐는 뜻이다. 상대방의 사회, 경제적 위치를 파악하고 싶어 묻는 말이다. 예전엔 이 질문에 어떤 회사에 다닙니다 하고 이야기할 수 있었다. 그러나 회사를 그만두고 온갖 밥벌이와 밥벌이는 안 되지만 하고 싶은 일을 하며 사는 지금, 대답은 그렇게 간단하지 않다. 돈이 가장 많이 들어오는 일을 직업이라고 이야기해야 할까? 아니면 내가 가장 정체성을 많이 두고 있는 일을 직업이라 말해야 할까? 혹은 내가 가장 시간을 많이 쓰는 일이 직업일까? 직업이란 무엇일까?

직업은 평생 한 직장에 머무르는 것이 당연했던 시절, 그러니까 우리 부모님 세대에 적합한 단어다. 직업이 곧 계층이고 그 사람의 정체성이었으니까. 그러나 우리 세대(나는 1980년대 후반에 태어났다)는 살면서 평균 열 번 정도 직장을 옮긴다고 한다. 그 열 번의 이직이 한 궤적을 그릴 수 있는 행운아(?)는 많지 않을 것이다. 또 한 궤적을 그렸다고 해서 그 사람이 성공한 커리어를 쌓았다고 믿지도 않는다.

직업은 '정체성'이 아니라 '상태'가 아닐까? 지금 한 직장에 있다고 해서 그것이 나를 결정짓는 것은 아니다. 외려 나를 표현하는 것은 내가 삶의 무게 추를 어디에 두고 있느냐다. 보험회사에 다니지만 주말마다 하는 서핑에 미쳐 있다면, 택배일을 하지만 직장인 연극 동호회 활동이 삶에서 가장 중요하다면, 그 사람은 보험회사 직원이 아니라 서퍼이고, 택배 기사가 아니라 배우다. 연극영화과를 나와 대학로 극단에서 공연하면서 부족한 수입을 채우기 위해 편의점 아르바이트를 하는 배우에게 '편의점 아르바이트'가 직업이냐고 묻는 사람은 없을 것이다.

좋아하는 일을 꼭 하나만 밀고 나가야 할 필요는 없다. 그건 분명 생존에 도움이 되는 전략이긴 하지만, 우리의 목표가 생존만은 아니니 말이다. 작년에는 그림 그리는 게 좋았는데 올해는 탱고를 추는 게 좋아질 수도 있고, 내년엔 드라이플라워 만들기에 미칠 수도 있는 거니까. 우리는 계속 변화하는 사람이니 우리의 관심사가 그렇게 부유하는 것도 당연한 일이다.

우리의 정체성은 살면서 끊임없이 변한다. 자식이었다가 부모였다가, 회사원이었다가 작가였다가 강사가 되기도 한다. 판매원이었다가 소비자이기도, 고용주였다가 고용인이 되기도 한다. 그러니 내가 어떤 존재인가 하는 것은 현재의 상태일 뿐이다.

나는 몇 개월을 주기로 계속 다른 일을 하며 밥을 벌었다. 한때는 서점을 지키거나 출판사의 신간을 홍보하는 것으로 생활비를 벌었다. 한동안은 축제 기획에 매달리기도 했다. 재작년엔 책 읽는 바Bar를 오픈해 사람들에게 책을 권하며 칵테일을 팔았다. 요즘은 작은 용역 사업과 인터뷰하는 일로 통장 잔고를 채운다. 가끔 인터뷰를 대신 해 주거나 청탁받은 원고를 쓰는 것으로 부가적인 수입을 얻는다. 오랫동안 여행을 했을 때는 살던

집을 공유해 여행비를 벌었다.

학창시절엔 "뭐가 되고 싶어?"라는 질문을 많이 들었다. 되긴 뭐가 돼? 병아리가 닭이 되는 것도 아니고 번데기가 매미 되는 것도 아니고. 어느 순간 짠! 하면서 변신이라도 하는 걸까. 가수나 검사나 대통령으로? 우리는 그냥 '산다'. 뭔가가 되는 게 아니라.

"뭐가 될래?"에 이어 대한민국 꿈나무들을 망치는 또 다른 단어가 '꿈'이다. 꿈이라니. 고작해야 학교 안에서 쳇바퀴 돌던 아이들에게 꿈이라니. 뭘 살아 봐야 꿈이 생기지. 더구나 꿈은 어떤 '상태'일 뿐이지 삶을 살아가는 과정은 아니어서 무언가가 '된다'는 것만큼이나 모호한 단어다. '가수가 되는 게 꿈이에요!' 했다고 하자. 가수란 무엇인가. 앨범을 내면 가수인 걸까? 그럼 자기 돈 들여서 내면 가수인 걸까? 앨범 내면 꿈을 이룬 걸까? 그럼 꿈을 이뤘으니 남은 인생 동안에는 새로운 꿈을 꾸어야 하는 걸까?

하고 싶은 일을 직업으로 삼으면 성공했다고들 한다. 하고 싶은 일을 하는 건 분명한 행운이지만 만족스러운 직업을 갖기 위해서는 그보다 더 많은 것이 필요하다. 적절한 노동 시간, 임금, 평판, 발전 가능성 등이다. 좋아하는 일을 직업으로 삼았다가 그 일이 싫어진 사람이 얼마나 숱한가. 내가 좋아서 하는 일이니 임금이 적어도 된다는 착각, 하루에 열 시간이고 스무 시간이고 일해도 괜찮다는 오해는 접어 두자. 직업으로 삼을 때 필요한 건 그 직업이 갖는 일상적인 루틴의 만족스러움이다.

나는 한곳에 매여 있지 않은 삶을 살고 싶다. 인터넷과 노트북만 있다면 어디서라도 일할 수 있다면 좋겠다. 그래서 세계 곳곳을 다니면서 일하고 싶다. 일 때문에 어느 나라에 가는 게 아니라, 어디에 있어도 상관없기에 내가 있고 싶은 곳에 있을 수 있다면 좋겠다. 이왕이면 정해진 상사가 없었으면 좋겠고, 내 작업이 전적으로 내 커리어가 될 수 있는 프로젝트를 하면 좋겠다. 3분의 2는 혼자, 3분의 1은 누군가와 함께 일하는 환경이면 좋겠지만 그것도 내가 조율할 수 있길 바란다.

예전에 중국의 성공한 사업가의 특강이 인터넷에서 이슈가 된 적이 있었다. 영상 속 그는 무언가에 도전하라거나 이제 정착하라거나 하는 조언을 청중의 연령대에 맞춰 했다. 20대면 도전하고 40대면 정착하라. 현실적인 조언이었다. 그렇지만 그건 뭔가가 되고 싶을 때 이야기다. 축구 선수가 되고 싶은데 80세에 시작하면 성공하기 어려우니까. 그렇지만 축구가 하고 싶으면 그냥 하면 된다. 80세라도. 90세라도. 하다가 죽으면 그만이지. 베컴이나 지단이 될 것도 아닌데.

그러니까 묻지 마라. 꿈이 뭐냐고. 뭐가 되고 싶냐고. 묻지 좀 마라. 정 궁금하거든 어떻게 살고 싶으냐고, 어떻게 살고 있느냐고 물어 주기를.

나는 과연
내 일을 하고 있는 걸까?

"내가 주인이라고 생각하는 순간, 나는 자신이 주인이라고 착각하는 노예가 되고 말 것이다. (중략) 자신이 주인이라고 착각하는 노예들에게, '자신이 노예일지도 모른다고 의심할 때만 주인이 될 수 있는' 우리의 이 이상한 삶에 대해 생각해 보기를 권한다."

신형철 평론가의 《정확한 사랑의 실험》(마음산책)을 읽다가 문장에 박박 밑줄을 그었다. 요즘 내가 내 삶의 주인이라고 착각하고 있었던 것은 아닐까 싶어서다. 거대한 조직에 몸을 온전히 맡기지 않는다는 이유만으로, 가느다란 여러 가닥 실에 매달려 간신히 숨을 붙이고 있다는 것만으로 내가 자유인이라 오판한 것은 아닐까. 다양한 노동 형태가 보편화되고, 유연한 노동이 추구되는 사회가 실은 나의 소망이 아니라, 거대한 시스템에 의해 은밀히 장려되는 계획이었던 게 아닐까. 나는 스스로를 주체적이라 착각하는 꼭두각시에 지나지 않는 게 아닐까.

20세기적인 자기계발서의 가르침이 더 이상 유효하지 않다는 깨달음은 사회 전반에 널리 퍼져 있어, 자기를 착취하면서까지 노력하는 데 목을 매는 사람은 찾기 어렵다. 성공하는 일곱 가지 습관을 가진 이는 파산했고, 인생 칠막 칠장을 노리다 막장으로 가고 있는 청춘의 사례는 불금이 지난 새벽 거리에 굴러다니는 찌라시처럼 밟히고 밟히니까. 언뜻 허술해지는 것처럼 보였던 신분제가 이름만 없을 뿐 점점 공고해진다는 걸 모두 느껴서일까. 나 역시, 부질없는 '노오력' 대신 현재의 삶에서 만족할 만한 균형점을 찾기 위해 버둥거리고 있다. 그러나 그렇게 허덕이느라 잊고 있던 질문이, 새벽에 깨서 보리차를 한잔 마시다 불쑥 솟아올랐다. 나는 정말, 주체적으로 살고 있는 걸까? 과연 주체적인 노동이란 무엇일까?

사회학자도 아닌 내가 주체적인 노동에 대해 정의할 깜냥은 되지 않는다. 다만 내가 일하면서 착각일지언정

'주체성'을 가지고 있었다고 느끼는 순간들을 정리하자면 대략 세 가지인 것 같다.

하나, 적어도 내가 하는 일의 의미를 알고 있어야 한다. 내 일이 개인에게, 조직과 사회에 어떤 의미를 가지는지 아는 일이 중요하다. 나의 경우에는 셋 중에 두 가지 이상은 만족스러워야 그 일을 지속할 수 있었다. 이 일이 커리어에 부합하는지, 혹은 커리어에 도움은 안 돼도 실력을 키울 수 있는 일인지, 그것도 아니라면 정말 재미가 있는 일인지, 같이 일하는 동료와의 파트너십을 키울 수 있는 일인지 알아야 했다. 독립 잡지 《딴짓》을 만드는 일은 수입이 되지는 않았지만 내가 좋아하는 일이고 개인적인 성장에 도움이 되는 일이라 믿었다. 함께 일하는 동료와의 신뢰와 애정이 커지는 일 역시 의미를 찾는 데 큰 역할을 했다.

그다음으로는 내가 하는 일이 정말로 조직에 의미가 있는 일인지 알아야 했다. 때로는 조직에 그다지 도움이 되지 않는 것 같은데도 그 일을 계속해야 할 때가 있다. 조직을 위해 조금은 비윤리적인 일을 하거나 단기 실적을 올리기 위해 매출을 땡기는 경우가 그렇다. 큰 회사를 다닐 때 그런 생각을 더 자주 했던 것 같다. 이게 정말 조직에 도움이 되는 일인지, 의미가 있는 일인지 자문하는 경우가 많았다. 가끔 오너 기업에서 일하는 친구들은 이건 회사를 위한 게 아니라 경영자의 가족을 위한 일이라고 투덜거리기도 했다.

마지막으로 내가 하는 일이 사회적으로 의미가 있는 일이면 좋았다. 그 의미라는 게 굳이 NGO처럼 공익적인 것이 아니어도 좋았다. 국가 경제에 이바지한다는 흔한 캐치프레이즈라도 괜찮았다. 그러나 가끔은 이 일이 사회에 의미는커녕 해가 된다는 생각을 할 때도 있었다. 물론 누군가에게는 그것 역시 사회적 의미로 보일 수 있으나, 그것이 사회적으로 의미가 있는 일인지 아닌지 스스로 고찰하는 것은 반드시 필요하다. 남들이 정해 준 의미가 아닌 내가 스스로 찾는 '사회적 의미'가 있어야 했다.

둘, 내가 하는 일이 나로부터 지나치게 멀리 떨어져서는 안 된다. 노동의 대가가 직접적으로 내게 돌아오지 않더라도 적어도 내 눈에 보이는 정도는 되어야 했다. 나의 노동과 그 결과가 지나치게 멀리 떨어지면 내 손으로 일하고 있다는 감각이 떨어졌다. 그건 나를 어떤 '부품'처럼 느껴지게 했다. 회사에 다닐 때, 사회 공헌 활동의 일환으로 문화공간을 관리했던 적이 있다. 드럼, 글쓰기, 철학 클래스 등을 기획하고 강사를 섭외하고 수강생을 모집하는 일이었다. 수업 제목을 정하고, 강사와 미팅하고, 수강생을 모으는 그 과정은 수업 진행이라는 결과와 밀접하게 닿아 있었다. 그 모든 과정이 즐거웠다.

그곳에서 승진을 하면 모든 프로그램을 총괄하는 부서로 갈 수 있었다. 총괄 부서에서는 전체 프로그램을 조율하고 통계 내고 성과를 측정하는 일을 했다. 총괄부서에서 하는 일이 보다 거시적인 일을 다루는 일임에도 불구하고, 현장에 남아 작은 일들을 직접 꾸리는 것이 더 좋았다.

다만 그 이후 축제 기획사에서 일했을 때처럼, 내가 기획서를 쓰고 프로모션을 진행했던 '축제'가 내 눈앞에서 실제로 구현되고 있는 것이 좋았다. 내 손으로 쌓은 구조물들이(크지 않은 기업이라 정말 '물리적으로' 힘을 써서 쌓아야 하는 경우도 많았다) 눈앞에 펼쳐지는 광경을 보는 데는 분명 희열이 있었다. 기획사의 인재상에는 '몽골 텐트가 올라가는 걸 보며 희열을 느끼는 사람'이라는 항목이 있었는데, 그것이야말로 내 노동이 결과와 가까운 것을 볼 때의 기쁨을 잘 표현하는 것 같았다.

셋, 내게 노동을 선택할 권리가 있어야 한다. 사실 프리랜서는 매순간 계약을 맺기 때문에 내가 이 노동을 할 것인지 말 것인지에 대한 선택권이 있다. 적어도 '자발적 거지'를 선택할 자존심을 내세울 수는 있다. (굶어 죽을 상황에서도 정말 '거절'의 자유가 있을까 싶은 의문이 들기는 하지만.)

주체적인 노동. 니체는 본인 의지에 의한 노동이 아닌 것을 죄다 노예의 덕목으로 꼽았지만 '의지'라는 것 역시 쉽게 정의되지 않는다. 게다가 자존심을 챙기는 것도 목구멍을 채우고 나서야 가능한 일이 아니던가.

이 고단한 일을 적어도 '인식'하고 있다는 게 중요하다. 인식하면 그쪽으로 방향을 틀게 되고, 어딘가로 향해 있는 내 몸이 '태도'를 결정할 테니 말이다. 그래도 계속 의심한다. 나는 정말 주체적인 걸까? 하고.

대체 불가능한 존재가 되고 싶어서

예전에 한 소리꾼의 인터뷰를 본 적이 있다. 지금은 이름조차 아득하지만, 그가 한 말 중에 이 말은 또렷이 기억난다.

"제가 원하는 거요? 저는 사람들이 이렇게 말해 주면 좋겠어요. '제가 부른 춘향가가 듣고 싶다'라고요. 그냥 '춘향가가 듣고 싶다'가 아니라요. 제가 부른 그 춘향가를, 제 목소리를 원했으면 해요."

이 말이 왜 그렇게 와닿았을까? 흔히 아는 '춘향가'와 '내 목소리로 부른 춘향가'가 다르다는 그 말에 '좋아요'를 백 번 눌러 주고 싶었다. 그래, 그 소리꾼의 목소리는 유일하지. 이 세계에서 유일하고말고. 나는 유일한 존재가 되고 싶은 나의 모습을 그 소리꾼에게서 봤다.

회사 다닐 때 나는 언제라도 대체될 수 있는 소모품, 어느 날 갑자기 사라진다 해도 회사가 굴러가는 데 하등 문제가 없는 부속품이었다.(그렇지 않은 사람도 있을지 모르지만 적어도 나는 아니었다.) 내가 아니더라도 누군가 나를 대체할 터였다.

내가 할 수 있는 일의 대부분은 '머릿수를 채우는 일'이었다. 임직원 수 3,951명 중 마지막 숫자 1을 채우는 일. 국가의 소중한 노동 자원이자 경제 활동 인구 중 하나가 되는 일.

그러나 내가 힘들었던 건 내가 언제라도 대체 가능한 부속품이라는 것보다 그 사실을 늘 확인해야 한다는 데 있었다. "너 없어도 회사는 잘만 돌아가!" 누군가 매일 이렇게 말하는 기분이었다. 안다. 나 없어도 회사 안 망하는 거. 그렇다고 그걸 매일 마음에 새길 필요야 없지 않은가. 불편한 진실이야 세상에 차고 넘치지만, 그것을 그저 아는 것과 매 순간 곱씹는 것은 다르다.

대체 불가능한 존재가 되길 갈망하는 사람이 나뿐일까. 사람은 누구나 특별하고 유일한 존재가 되고 싶어 한다. 이런 나의 성토에 한 친구는 이런 혜안을 내놓기도 했다.

"꼭 회사에서 대체 불가능한 사람이 되어야 해? 회사에서는 그냥 N분의 1로 살고 네 가족에게 유일한 존재가 되면 안 되는 거야?"

현명한 조언이었다. N분의 1이 되면 어떤가? 누군가에겐 내가 유일한 사람인걸. 가족이 아니더라도 취미 생활에서 의미를 찾을 수도 있다. 글쓰기를 좋아하는 내게 주변 사람들은 퇴근 후 작문을 권했다. 덕분에 회사를 다니면서 가장 오랫동안 한 취미 활동이 바로 퇴근 후 글을 쓰는 일이었다. 출판사와 언론사에서 운영하는 글쓰기 수업을 자주 들었다. 그러나 문제는 회사에서 보내는 시간이 너무 많다는 사실이었다. 하루 중 회사에 있는 시간은 평균 열 시간이 조금 넘었다. 출퇴근하는 시간과 출근을 위해 준비하는 시간까지 생각하면 일주일 중 5일, 365일 중 250일 가까운 시간을 회사를 위해 써야 했다.

그럼 그걸 빼고 남은 삶은 얼마나 될까? 나는 얼마의 시간 동안 살고 싶은 삶을 산 것일까? 그 시간을 눈감고 지내기엔 존재를 인정받고 싶은 갈증이 너무 컸다. 내가 가장 시간을 많이 보내는 곳에서 내 정체성을 찾고 싶었다. 회사에서 대체 불가능한 존재가 될 수 있을까? 그 누구라도? 능력이 뛰어나면 대체할 수 없는 사람이 될까?

회사에 '필요한' 사람이 되기 위해서 보편적으로 하는 노력은 '능력 개발'이다. 실제로 일을 잘하는 사람은 환영받는다. 일을 잘하면 다른 부서에서도 그를 데려가고 싶어 하고, 이직하기에도 수월하다. 마케팅팀에 있었던 보고서 잘 쓰기로 유명한 선배가 기억난다. 통계 프로그램을 잘 다루던 영업팀 동기도 생각난다. 현장 감각이 뛰어나던 차장님도 회사에서 인정을 받았다.

그러나 아무리 일을 잘해도 내가 일하던 기업에서는 '개인 능력'이 아닌 '시스템'이 이윤을 만들었다. 관료화된 기업일수록, 규모가 큰 기업일수록 더 그렇다. 내가 있던 회사는 업계에서 절반 이상의 점유율을 가진 독과점에 가까운 곳이었다. 게다가 웬만해서는 소비가 크게 늘지도 줄지도 않는 제품을 생산했기 때문에 회사에 들어온 직원이 천재적인 재능으로 회사의 순이익을 급성장시키는 일은 드물었다. 안정적인 사업 구조를 갖춘 대기업이 대부분 그럴 것이다. 연구직이나 기술직이 아닌 일반 사무직은 더 그렇다. 설사 개인의 능력이 뛰어나 조직이 그를 붙잡는다고 하더라도, 그가 회사를 그만두었을 때 조직이 휘청거리진 않는다. 기껏해야 대체 인원이 오는 동안 같은 부서 몇 사람이 조금 더 고생하는 정도였다.

퇴사 후에는 직원이 열다섯 명인 작은 사회적기업에서 일했다. 축제를 기획하는 회사였는데, 이곳에서는 어쩌면 한 명 한 명이 유일무이한 존재이지 않을까 기대했다. 물론 규모가 작다 보니 한 명 한 명의 역량에 따라 회사 매출에 미치는 영향은 더 컸다. 내가 일을 따오는 경우도 있었다. 그러나 이 회사 역시 내가 아니어도 괜찮았다. 그 자리에 있어야 할 사람은 '문화예술팀 팀장'이었지 '나'는 아니었다.

사실 능력보다 중요한 건 사회성, 즉 친화력이나 융화력이었다. 조직은 '능력 있는 독불장군'을 원하지 않았다. 일의 우선순위를 재빠르게 파악하고 때로는 적당히 쳐 내기도 하는 노하우가 더 중요했다. 내가 대표라도 그런 사람을 쓸 것 같았다.

연륜이 쌓여서 회사에 대해 잘 알게 되면 회사도 나를 필요로 하지 않을까 싶기도 했다. 거래처와의 관계, 이 업계의 역사, 회사 매뉴얼에는 없는 문제가 발생했을 때의 대처법은 회사에 오래 남은 사람이 더 잘 알 수도 있으니까. 그러나 세상은 너무 빨리 변한다. 눈에 보이지 않는 노하우는 자주 무시된다. 경력이 쌓일수록 인정받는 기술직은 드물다. 젊은이들은 점점 높은 스펙과 능력으로 치고 올라온다. 의전하는 법이나 애매한 부서 간의 갈등을 해결하는 법은 연륜이 쌓인 사람이 더 잘 알 수도 있지만 그건 그 사람만 가진 유일한 재능은 아니다. 게다가 그런 것에 의지하다간 꼰대가 될 수 있다는 사실을 명심해야 한다.

"회사가 무너져도 연락하지 않을게요!"

회사에 다닐 때 누가 휴가라도 갈라치면 내가 하는 덕담이었다. 회사는 완전히 잊고 푹 쉬다 오라는 의미에서 건넨 말이었지만 지금 생각하면 꼭 좋은 말만은 아니었던 것 같다. 그 사람이 없어도 회사가 잘 굴러간다는 건 그 사람의 존재 가치를 무시하는 말로 들릴 수도 있었으니까.

어쩌면 회사 같은 조직에서 나라는 개인이 유일무이하길 바라는 것 자체가 어불성설이 아니었나 싶다. 한 사람에 의해 유지되는 조직은 건강하지도 않거니와 지속 가능하지도 않다. 기업이 가진 다양한 자원 중 가장 변할 가능성이 큰 인적 자원에 의지하는 건 위험한 행동이다. 회사가 '나'가 아니라 '회사원'이 필요한 건 당연한 일일지도 모른다.

안정적인 궤도를 벗어난다는 것

회사를 그만둔 지 벌써 만으로 5년인데, 아직도 같은 질문을 받는다. 그 좋은 회사를 왜 나왔느냐고. 질문에 성심성의껏 대답하려는 열의는 사그라들었다. 질문하는 사람도 정말로 답이 궁금해서 물어 본 게 아닌 경우가 많기 때문이다. 누군가는 '퇴사만이 살길이에요. 탈출하세요!' 라고 말해 주길 기대하고, 다른 누군가는 '회사 나가면 지옥이니까 꼭 붙어 있으세요' 라는 소리를 듣고 싶어 한다. 결국 "그냥 뭐, 안 맞아서요"라고 대답 아닌 대답을 할 때가 많다. 사실이긴 하지만 진실은 아닌 대답이다.

퇴사하고 5년이 지나도록 아직도 같은 질문을 받는

것보다 퇴사가 인생에서 하나의 거대한 기점으로 여겨지는 것이 놀랍다. 마치 나의 삶이 퇴사 전과 퇴사 후로 나뉘기라도 하는 것처럼. 어느 날 하느님의 부름을 받은 모세처럼, 시한부 인생을 선고받고 새 삶을 시작하는 영화 속 주인공처럼, 로테를 만난 베르테르처럼. 인생에는 다시는 되돌릴 수 없는 사건이 있고, 우리는 그 사건을 감당하며 남은 시간을 지낸다는 운명론적인 생각인 걸까? 그러나 서른 하고 조금 넘는 세월을 지내는 동안 그런 운명적 사건은 많지 않았다. 삶은 대단한 결심보다는 매일 하는 자질구레한 일들에 의해 조금씩 변해 가는 것 같았다. '착한 사람이 되겠어!'라는 맹세보다, '오늘은 얼굴 평가를 하지 말아야지'라는 하루치 약속이 더 효과적이었다.

안정적인 궤도를 벗어난 것은 조금은 감상적이고 꽤 현실적인 이유였다. 누군가는 건실한 기업을 나왔다는 이유로 나를 환상에 젖어 사는 낭만주의자 취급을 하거나 부모를 잘 만난 탕아로 본다. 하지만 상인의 딸로 자란 나는 하루도 내 밥그릇 걱정을 하지 않은 적이 없다.

많은 사람들이 회사에 남는 게 안정적인 선택이라 조언했다. 월급 따박따박 나오고, 은행에서 대출도 쉽게 받으며, 어디서든 내밀 명함이 있으니까. 어떤 조직에 속해 있다는 건 내가 이 사회에 무해한 사람이라는 걸 증명하는 자격증과도 같다. 낯선 사람과 엘리베이터에 갇혔을 때, 여행지에서 처음 보는 사람과 동행하게 될 때, 안정적인 조직의 명함을 건넨다. '해치지 않아요. 저는 건실한 사회인이랍니다'라는 팻말을 들고 있는 것 같다.

큰 조직에서 나온 지금은 그 말에 어느 정도 공감한다. 내가 직접 일거리를 구하러 다니지 않아도 누군가 내게 일을 맡기고, 죽이 되든 밥이 되든 그 일을 해내기만 하면(때로는 그렇지 않더라도) 정해진 날에 통장에 월급이 들어오니까. 조직의 간판을 등에 업고 어디선가 허리를 곧추세우기도 하며, 적당한 대접을 받기도 한다. 조직의 도움 없이 오롯이 자영업자나 프리랜서로 그만한 돈을 벌기란, 그만한 안정성을 갖기란 정말 어려운 일이다.

그러나 보험회사가 그토록 부르짖는 '100세 인생'을 생각하면 어떨까? 평생직장을 캐치프레이즈로 걸고 한 직장에 몸을 바친 지난 세대는 그리하여 '노인 빈곤율 1위'의 대한민국에서 괜찮은 걸까?

조직에 남는 것이 안정적이라고 느끼지 않았던 이유는 회사가 나의 '평생'을 담보하지 않는데도 불구하고 나를 유약하게 만든다고 느꼈기 때문이다. 비닐하우스 속 화초처럼 회사 안에서 안락하게 자라는 건 고작해야

15년, 길어야 20년이다. 이후에는 얇은 비닐 하나 없는 밖으로 맨몸이 되어 나와야 한다. 따뜻한 환경에서 말랑해진 몸을 가지고. 물론 회사에서도 배우는 것은 많다. 하지만 규모가 큰 조직일수록 개인은 단순하고 반복적인 업무를, 그것도 기업이 속한 분야에 따라 매우 협소하게 익힐 확률이 높았다. 그렇게 20년이 지나 쉰 살이 되었을 때, 조직 밖으로 나와 내가 맨몸으로 할 수 있는 일은 무엇일까? 일주일에 다섯 번, 아침 9시부터 저녁 6시까지 같은 사무실에 머물며 바라본 세계에서 나는 어느 정도의 생존력을 가질 수 있을까?

보다 이른 나이에 울타리 밖으로 나오는 것이, 그리하여 엄마 말마따나 사서 고생을 해 보는 것이 경쟁력을 기를 수 있는 일이 아닐까 싶었다. 몸으로 부딪치며 배우다 보면 손바닥만 한 내 땅은 가질 수 있지 않을까 생각했다. 퇴사 후 자영업자이자 프리랜서로 살면서 나는 종합소득세를 신고하고 세금계산서를 떼는 자질구레하고 귀찮은 일부터, 몇 천만 원 단위의 계약을 성사시키고 경쟁 피티에 참여하며 직접 내 책을 만드는 있는 일까지 모든 것을 했다. 그것이 내 경쟁력을 길러 주었는지는 모르겠지만 어느 정도 굳은살을 만들어 준 것만은 틀림없다.

'I am CEO!' 내가 다녔던 회사의 인재상이었다. 사장처럼 열심히 일하란 뜻이다. 그럴 때마다 동료들과 "주인의 연봉을 주면 주인 의식을 가질 텐데"라고 농담했다. 말은 그렇게 했지만 실은 연봉도 복지도, 같이 일하는 사람들도 만족스러웠다. 그렇다고 해서 회사가 정말 내 것 같지는 않았다. 회사 순이익 1,000억 원 오르는 것보다 내 연봉 100만 원 오르는 게 더 좋았고, 부서 실적 10퍼센트 상승하는 것보다 내 인센티브 1퍼센트 상승하는 게 더 좋았다. 회사가 잘나간다고 해서 내가 잘나간다고 생각하기는 어려웠다. 회사에서 내가 하는 일은 정말 '나의 일'이었을까? 그렇다면 왜 그 일은 내 이름을 걸고 나가지 않을까?

회사에서 내가 열심히 일해 거둔 성과가 모두 내 이름이 아닌 우리 부서, 혹은 회사의 이름으로 나가는 게 당연하다고 생각했지만, 허탈한 마음을 감추기는 어려웠다. 내가 너무 개인주의적인 걸까. 나는 내가 낸 성과가 오롯이 나에게만 속하는 나의 일이 갖고 싶었다.

그러나 회사를 나와서 '무슨 회사의 박초롱'이 아닌 '박초롱'으로 일하는 건 만만치 않았다. 조직을 나오면 소위 '조직빨'이 사라진다. 업무 제안을 할 때도 회사 이름을 먼저 대면 상대는 대개 호의적이었는데, 그저 내 이름을 대면 잡상인 취급을 하기 일쑤였다. 그래도 괜찮았다. 조직을 나오지 않았더라면 나는 조직빨이 나의 능력인 줄 착각하고 살았을 것이다. 어디 가서 무시받지 않고 사는 게 당연한 줄 알았을 것이다. 나는 아직도 울타리 없는 프리랜서로서 내 작은 존재를 매 순간 확인한다. 그럼에도 불구하고 내가 하는 일은 내 것이다. 내 이름을 걸고 나가지 않는 일이라도 그건 내가 선택할 수 있는 것이다.

사실 회사를 생각하면 못내 미안한 마음이 든다. 5년 하고 8개월 차에 접어든 대리. 나를 뽑아서 교육하고 일을 가르치는 동안 회사는 참 많은 돈을 썼다. 이제 일 좀 시켜 볼까 싶을 참에 나간다고 했으니 회사가 배신감을 느끼는 것도 이해가 간다.

그러나 회사를 6년 가까이 다니다 보니 미래가 막막했다. 파티션 너머에 앉은 여자 부장처럼 "일이든 가정이든 둘 중 하나는 포기해야 하는 거 아니야?"라며 7시에 출근해 밤 12시에 퇴근할지도 몰랐다. 아니면 "회사는 적당히, 재미는 다른 곳에서"라며 만년 과장에 만족하는 옆자리 과장처럼 설렁설렁 다니게 될지도 몰랐다. 어쩌면 책상 위에 '건배사 잘하는 법' 따위의 글이 올려져 있는 김 차장처럼 일보다는 사내 정치에 골몰하게 될지도. 그러나 어느 것도 내 미래라고 생각하고 싶지 않았다. 회사에는 롤모델이 없었고, 그렇다고 스스로 롤모델이 될 거라고 착각할 만한 배짱도 없었다. 늘 뻔한 통계 속에서 벗어나지 못하는 나는 아마 높은 확률로 그들 중 하나의 모습이 될 것 같았다.

다들 네 삶은 유일하다고, 도전하며 살라고 말하면서 퇴사는 왜 그렇게 만류하는 걸까? 나는 불확실한 미래에 인생을 배팅하고 싶었다. 뻔하고 안정적인 미래보다 (물론 그것도 확신할 수 없지만) 불확실하고 어떻게 될지 모르는 내일이 더 갖고 싶었다. 역시 지루한 천국보다는 재미있는 지옥이 좋은 걸까.

앞으로도 나는 계속 입사와 퇴사를 반복할 것 같다. 그것이 정규직이든 계약직이든 프리랜서든. 첫 퇴사는 첫사랑이 끝났던 것처럼 내게 강렬한 기억으로 남았지만, 이제는 그 이후를 꾸려 가고 있다.

퇴사할 회사를 찾습니다

퇴사 후 많은 후배가 나를 찾아왔다. 퇴사 컨설턴트냐는 농담을 들을 정도였다. 대부분 자신들도 나와 비슷한 고민을 해 왔는데 차마 용기를 내지 못하고 있으니 어떻게 해야 할지 조언을 해 달라고 했다. 그들 중 상당수는 이미 마음먹고 내린 결정이 있었다. 울고 싶으니 때려 달라고 조르는 이들의 기대에 부응해 가끔은 등을 떠민 적도 있지만, 주로 그저 그들의 이야기를 들어 주기만 했다. 타인의 인생을 지휘하는 일은 어렵다. 조언과 멘토의 의미가 퇴색되고 있는 지금, 시대착오적인 발언으로 꼰대 취급을 받고 싶지 않았던 게 솔직한 마음이다.

한번은 취업준비생인 친구에게 신박한(!) 질문을 들

었다.

"제가 퇴사할 회사를 찾는데요."

입사할 회사를 찾는 것도 아니요, 퇴사를 할까 말까 고민하는 것도 아니요, 이직할 곳을 찾는 것도 아니었다. 입사도 안 했는데 퇴사할 회사를 찾는다니.

"어차피 퇴사는 할 예정이에요. 사실 지금 어느 회사에 들어간다고 해도 평생 다닐 수는 없는 거잖아요. 언제 나오느냐가 문제지. 그런데 첫 회사가 그다음의 이력을 결정한다고 해서요."

그는 급여는 적지만 원하는 일을 할 수 있는 회사와, 급여는 많으나 적성에 안 맞는 일을 해야 하는 회사 사이에서 갈등하고 있었다. 어차피 한 직장에 오래 다닐 수 없다는 것을 가정하고 있는 것 같았다. 그것도 무리가 아닌 것이 그를 만난 건 내가 운영했던 북바의 책모임이었는데, 그곳 멤버들이 다 몇 번씩의 퇴사를 경험한 이력이 있었다. 초등학교 교사를 그만두고 NGO 단체에서 일을 시작한 사람, 호기롭게 시작한 스타트업이 망해서 연구소로 옮긴 영재, 박사 학위를 따고 포닥으로 일하다가 학계를 떠나 기업의 연구원으로 일하던 사람, 그리고 회사를 나와 N잡러로 일하고 있는 나까지. 모임에 있는 사람들이 이러니 막내인 그가 입사하기도 전에 퇴사를 생각하는 것도 당연했다. 그는 '첫 직장'을 고민하지 '평생직장'을 고민하지 않았다. 입사는 중요하다. 그게 내 남은 삶을 모조리 결정해서가 아니라, 첫 번째 발걸음이기 때문이다.

"그래도 대기업에서 시작하고 싶어요. 대기업에서 시작해야 중소기업 가기도 편하다면서요."

그의 말에 나는 고개를 끄덕였다. 맞다. 솔직히 중소기업에서 시작해 대기업으로 옮기는 것보다, 대기업에서 직급을 올린 후에 경력을 인정받아 중소기업으로 가는 게 수월했다. 중소기업에서 웬만큼 인정을 받는다고 해도, 아직 순혈주의가 강한 한국의 대기업의 문턱을 '경력직'으로 넘기는 만만치 않은 일이니 말이다.

"그런데 작은 기업에서 일을 탄탄하게 배운 후에 큰 기업 가는 게 낫다는 사람들도 있고요."

이런, 나는 또 고개를 끄덕였다. 맞다. 일을 어디서 더 많이 배울 수 있느냐는 회사나 부서마다 너무 달라 단정 짓기 어렵지만, 아무래도 작은 조직에 가면 아주 세세한 업무까지 해야 하는 경우가 많다. 프로젝트를 대신해 주는 협력사도, 사내 시스템에서 내려받을 수 있는 다양한 서식 문서도 없기 때문이다. A부터 Z까지 모두 직접 하다 보면 생계의 최전선에서 혼자서도 너끈히 살아남을 생존력을 가지게 되기도 한다. 그럼에도 불구하고 그의 질문에 나는 이렇게 답했다.

"친한 동생이라서 하는 이야기는 아니고, 지극히 개인적으로 내가 만약 그때의 나로 돌아간다면 말이야. 나는 좀 더 큰 기업에서 시작하라고 이야기하고 싶어."

규모가 큰 회사에서 한두 해 정도 일하다 보면 커다란 조직이 어떻게 구성되고 굴러가는지 어렴풋하게 볼 수 있다. 많은 사람이 불평하는 시스템이 얼마나 이득을 가져다주는지, 왜 조직도는 이렇게 되어 있는지 탐구해 볼 기회가 있다. 워낙 조직이 크다 보니 그 다양한 계층 구조 안에서 소위 '사회생활'이라 일컬어지는 예의나 눈치를 혹독하게 배울 수 있다는 것도 이점이다. 게다가 큰 계약을 하거나 대규모 프로젝트를 뒤에서나마 참여할 기회도 생긴다. 이 과정에서 자연스럽게 알게 되는 사람들이 추후 독립했을 때 도움이 되는 것이야 말할 것도 없다.

또 다른 이유는 '급여'다. 작은 기업도 급여를 잘 주는 경우가 많지만 평균적으로 기업 규모가 클수록 급여도 높아지니 말이다. 물론 요즘 같은 시대에 꿈만 찾아 작은 기업에서 시작하는 사치를 누릴 수 있는 자가 얼마나 되겠느냐마는, 혹여나 그런 고민을 하는 사람이라면 그래도 급여를 생각해서 규모가 큰 회사에서 일하라고 말하고 싶다. 평생직장이라는 단어가 사라지고 있는 말이라면, 평생 열 번은 변한다는 내 직업의 큰 줄기를 잡기 위해서는 어느 정도의 시간이 필요하다. 그러나 서른이 넘어서 부모님 등골을 부러뜨리며 살 수는 없는 노릇이니, 그 시간을 벌 만한 어느 정도의 여유자금이 필요하다.

퇴사할 회사라고 생각하고 첫 직장을 선택한 사람과 평생 뼈를 묻을 각오로 입사를 한 사람은 어떻게 달라질까. 첫 번째 회사를 다닐 때 막 들어온 신입사원의 포부를 듣던 기억이 난다. 고등학교를 졸업하자마자 높은 경쟁률을 뚫고 회사에 입사한 그는, 새로 산 지 얼마 안 되어 아직 몸에 덜 붙는 양복을 입고 솜털이 보송한 얼굴로 외쳤다.

"앞으로 40년 동안 뼈를 묻을 각오로 일하겠습니다!"

그 말에 나는 흠칫 몸을 떨었다. 40년 동안 한 곳에서 일하겠다는 각오. 문득 내 할머니 생각이 났다. 할머니는 종종 고향 지도를 꺼내 한 곳을 짚어 주면서 "이곳이 네가 묻힐 자리"라고 말했다. 할아버지와 할아버지의 할아버지가 묻혔다는 그 무덤밭. 태어나기도 전에 결정된 내 묫자리. 40년 동안 한 회사에서 분골쇄신하겠다는 각오는 어떤 것일까. 신입사원은 5년을 채 다니지 못하고 회사를 그만두었다. 남은 35년은 어디에 뼈를 묻을 작정인 걸까.

퇴사할 회사를 찾던 그는 면접은 잘 봤을까. 끊임없이 연인과 헤어지고 사귀고를 반복하면서도 '평생 함께 할게' 라는 말에 다시 한번 속는 척하는 마음으로 회사를 고르기를, 그리하여 너밖에 없다는 마음으로 그 회사를 다니고, 세상은 넓고 사귈 사람은 많다는 마음으로 그곳을 떠나기를 바랐다.

어차피 남의 일 해 주는데
뭐가 달라?

회사에 다닐 때 회식 자리에서 있었던 일이다. 취향이 아주 고급스러운 선배가 있었다. 클래식을 좋아했고 첼로를 배웠으며 평일 밤에는 인문학 강좌를, 주말에는 철학 아카데미를 다녔다. 누군가 그런 선배를 "이 친구는 아는 게 아주 많다니까! 첼로도 배운대!"라며 치켜세워 주었다. 아니라며 손사래 치는 선배와 박수 치는 나를 흘깃거리며 평소 선배를 탐탁지 않게 여겼던 차장이 툭 뱉었다.

"그래 봤자 영업사원이지."

공격적인 말투가 아니었는데도 영업을 무시하는 말에 술자리에는 순간 찬바람이 불었다. 평소 얼굴에 감정을 내비치지 않던 선배의 표정이 변하는 것도 보였다. 처음 보는 표정이었다. 차라리 그가 시옷자가 난무하는 욕을 했더라면 나았을 텐데. 누군가 그렇게 상처받는 장면을 지켜보는 것은 괴로운 일이었다.

후에 선배를 만나 그때 일을 떠올리며 한참 그 차장의 뒷담화를 하는데 선배가 씁쓸한 듯 덧붙였다.

"그 말이 틀린 것도 아니지. '그래 봤자' 나는 영업사원이지."

영업사원이 얼마나 좋은 직업인지 말하고 싶었지만, 어쩐지 그 모든 말들이 애처로운 위로로 느껴져 입을 닫았다. 그 무게감을 내가 어떻게 알까. 영업사원을 무시하는 회사에서 영업사원으로 일하는 기분을. 매일 정장을 입고 다른 매장을 돌아봐야 하는 그의 마음을. 하루도 빠짐없이 아쉬운 소리를 해야 하는 괴로움을.

한 사람의 가치를 산정하는 기준이 오로지 '돈'이 된다는 것은 천박하고 촌스러운 일이다. '가치'를 서열화하는 것도 우습지만 그렇다 하더라도 문화 자본과 그 사람의 사상, 정치적 견해, 회사 외의 사회적 활동을 무시하고 '월급'만으로 순위를 매기는 건 배를 곯아 본 나라의 트라우마일지도 모른다. 그러나 모두가 오로지 그의 연봉만으로 그를 생각할 때, 그것에서 자유롭기는 쉽지 않은 일이다. 클래식 감상이 취미인 선배를 보는 차장이 '그래 봤자 영업사원'이라는 틀에서 한 치도 벗어날 수 없는 것처럼 말이다.

사실 회사에 있을 때 무엇보다 힘들었던 건 매일 조금씩 깎여 나가는 자존감을 바라보는 일이었다. 회사의 태도는 주로 '전지전능하신 회사에서 능력 없고 갈 곳 없는 너희를 돌보고 있노라'인 경우가 많았다. 그런 말을 상사의 입을 통해 직접적으로 듣는 경우도 많았다. 퇴사한다고 했을 때 나를 걱정하던 팀장님이 진지하게 말했다. '지금이야 네가 뭐든 할 수 있을 것 같지만, 회사 안에 있는 것만큼 안전한 게 없다'라고. 아마 '막상 나가고 나면 네가 할 수 있는 일이 별로 없을 것이다'라는 말을 삼키신 것 같았다.

목줄이 붙들려 있는 거야 나도 알고 너도 알고 회사도 아는 것이지만, 그 목줄을 붙들고 흔들 때면 그렇게 자존심이 상했다. 회사에 종속된 내 처지를 곱씹게 했다.

회사는 늘 위기였고(순이익이 가파르게 상승하고 있었음에도 불구하고) 직원들은 늘 정체 모를 각오를 다져야만 했으며(차라리 명확한 지시를 내렸더라면 마음이 편했을 것이다) 내 자리가 빼길까 봐 전전긍긍해야만 했다. (혹은 그렇게 걱정하는 것처럼 보이기라도 해야 했다.)

프리랜서이자 자영업자로 살아가고 있는 지금, 그 목줄이 사라진 것은 아니다. 자본주의 아래 살아가는 그 누가 목줄에서 자유로울 수 있을까. 나는 여전히 프리랜서로 일하고 있는 문화재단의 부름에 성실히 임하고, 소책자 발행을 맡긴 군청 직원에게 아쉬운 소리를 한다.

그러나 다른 점도 있다. 찬 바람 쌩쌩 부는 노동권익의 사각지대에 서 있지만, 이곳에서 나는 아주 조금 더 자유롭다. 나는 어디에서 일하든지 속박당하지 않고, 시간을 완전히 저당 잡히지 않는다. 내게 일을 제안할 때 '하세요'라고 말하는 클라이언트는 없다. 가난한 가운데서도 나는 내가 할 일과 그렇지 않은 일을 '선택'할 수 있다. 미약하지만 나는 이곳에서 '주체적'이라 착각하며 살 수 있다.

물론 그 주체성이라는 건 미미하다. 그것은 고작해야 어떤 일이 들어왔을 때 할지 말지를 결정할 수 있는 것, 마감기한과 페이를 조정하는 것, 업무 일정을 스스로 조율하고 집이나 카페에서 일할 수 있는 것, 가끔은 지방이나 해외에서 일할 수 있는 것 정도다. 넉넉하지 않은 주머니 사정을 걱정하다 보면 그나마도 협상에서 지기 십상이다. 허나, 내가 선택한 것이냐 그렇지 않은 것이냐는 문제는 나 같이 자존심 강한 사람에게는 너무 중요한 가치다.

게다가 자주 꺼낼 수는 없지만 내게는 '거절할 권리'라는 카드도 있다. 여러 프로젝트를 한 번에 하다 보니 하나를 그만두어도 나머지로 어떻게든 생계를 유지할 수 있다. 여러 개의 실에 몸을 맡기면 실 하나가 끊어져도 바로 추락하지는 않는다.

프리랜서로 일하던 한 출판사에서 신간 홍보를 요청했다. 그런데 저자가 반페미니즘적인 발언으로 문제가 된 사람이었다. 그 글을 읽으며 공분했던 나는 도저히 그 사람의 책을 홍보할 수가 없었다. 이 책을 홍보하지 않겠다고 하면 대표가 내게 일을 그만하라고 할까? 그렇다면 작지만 안정적인 수입원 중 하나를 놓치는 셈이었다. 그렇지만 그 책을 홍보하면 내가 다양한 직업을 가지며 지키고자 했던 가치를 잃어버릴 것 같았다. 결국 대표에게 찾아가 그 책만은 홍보할 수 없다고 전했다. 다행히 대표와는 그 책 외에 다른 책을 더 홍보하는 방향으로 접점을 찾았다.

두 손으로 직접 농사를 짓지 않는 이상 조직에서 일하는 것이나 프리랜서, 자영업자로 일하는 것 모두 남의 일을 대신해 주고 돈을 버는 일이다. 우리는 모두 자기가 적당히 견딜 수 있고 만족할 수 있는 지점에서 일한다. 나는 거대한 그래프 안에서 내게 맞는 좌표를 향해 몸을 조금씩 이동하며 나만의 지점을 찾아가고 있다.

“그래 봤자 프리랜서지.”

하여 이런 말을 듣는다고 해도 괜찮을 것 같다. 나는 내 일과 일하는 방식이 자랑스럽다. 내가 주체적으로 선택한 것이기 때문이다. 일에서 주체성을 찾을 수 없다면 그 방식에서라도 주체성을 찾고 싶다. 어차피 남의 일 해 주는 것, 뭐가 다르냐고? 그건 완전히 다르다.

사회적기업에서
일한다는 것

만약에 그때 그 사람과 이별하지 않았더라면, 만약에 수능 점수가 10점만 더 높았더라면, 만약에 부모님이 판교에 땅을 사 두었더라면 어땠을까.

'만약에'라는 말을 좋아한다. 혹자는 '만약에'야 말로 가장 무용한 말이라고 하지만, 이 말을 상상할 수 없는 삶은 너무 삭막하다. 인간은 후회를 하고, 그래서 만약을 상상하고, 그렇게 이야기가 만들어지는 게 아닐까. 그 이야기의 힘으로 어쩌면 '만약에'가 실현될지도 모를 일이다.

직업의 세계에서도 '만약'에 대한 상상은 흥미롭다. 만약 내가 예금보험공사가 아닌 월드비전에 들어갔다면 어땠을까. 만약 내가 사회적기업 대신 건설사에 들어갔다면 지금 나는 어떤 사람일까. 만약 대기업 대신 스타트업에서 사회생활을 시작했다면 통장 잔고는 어떻게 달라질까.

누구도 삶을 두 번 살 수는 없으므로 가지 않은 길을 상상하며 지금 손에 쥔 것을 아쉬워하기 마련이다. 나는 한 가지 일을 진득하게 하는 삶을 부러워하고, 그렇게 사는 사람을 선망의 눈으로 바라본다. 한 길을 가는 삶의 자세가 대단해 보이기 때문이다.

그러나 결코 그렇게 살 수는 없다는 것도 알고 있다. 여러 형태의 노동을 경험하면서 깨달은 것은 어디에도 천국은 없다는 것, 우리는 모두 저마다의 작은 지옥을 즐기고(?) 있다는 점이다.

사회적기업에 들어가기로 결정한 것은 북 큐레이터와 출판마케터 일을 마무리하고 3개월간의 남미여행을 한 후였다. 여행 내내 봇짐처럼 짊어지고 다니면서 하던 프로젝트(대학생 기자들의 글을 다듬어 주는 일이었다)도 끝이 나고 다시 서울로 돌아왔을 때 참으로 오랜만에 별달리 맡은 일이 없었다.

마침 사람을 구하고 있던 그곳은 평소에 눈여겨보던 작은 축제 기획사였다. 흥미로웠던 건 그곳이 이상과 현실의 균형을 맞추려 노력했기 때문이다. 문화예술판에서 놀다 보면 '열정 페이'를 강요하는 경우도 많은데 이 회사는 직원들의 임금을 높이려 애쓰는 것이 보였다. 좋아하는 일을 한다는 이유로 박봉과 야근을 감수하는 게 당연하게 여겨지는 사회에서 이 회사의 시도는 참신해 보였다.

사회적기업에 대한 환상이 없었다고 말하기는 어렵다. 의미 있는 일을 하는 곳. 사회에 보탬이 되는 일을 하는 곳. 상식적이고 정의로운 사람들이 일하는 지성인 집단. 회사가 내세우는 '현실과 이상의 조화'라는 가치는 정확히 내가 직업에서 이루려고 하던 것이었으므로 이 회사야말로 내가 들어가서 배울 만한 게 있는 곳 같았다.

이 회사에서 약 9개월을 일하면서 얻은 것이 참 많았다. 사회적기업을 운영하는 것이 운영진 입장에서 얼마나 고된 일인지, 수익은 어디에서 어떻게 내는지부터 제안서를 쓰는 구체적인 업무까지. 게다가 90년대생들의 사고방식과 라이프스타일이 늘 궁금했는데, 근무자 대부분이 20대 중반이다 보니 궁금증도 해결되었다.

그러나 내가 가진 사회적기업의 환상과 일치되지 않은 것도 있었다. 먼저, 사회적기업이라고 해서 회사가 일의 의미를 대신 찾아 주는 것은 아니었다. 여전히 일의 의미는 스스로 찾아야 했다. 축제 기획사답게 문화를 통해 사람들에게 전하려는 가치가 있는 회사였다. 회사의 가치에 공감과 지지를 보내면서도 그것을 그대로 내면화할 수는 없었다. 회사의 가치는 '사회적'이고 '조직적'일 수는 있어도 '개인적'일 수는 없기 때문이다. 내가 하는 일이 사회에 의미가 되고, 조직의 성장에 보탬이 될 수는 있어도 개인의 성장과 만족도 분명하게 있어야 했다. 게다가 조직의 가치에 지나치게 몰입하다 보면, 조직이 그것과 조금이라도 어긋나는 결정을 했을 때는 크게 실망하기 마련이다. 맹신하는 자는 쉽게 배반자가 된다.

또 사회적기업이 지지하는 가치가 위대하다고 해서 조직 생활 역시 그 가치에 맞으리라는 기대는 버려야 했다. 노동법에 대한 책을 만드는 출판사가 노동법을 어긴다는 농담을 들은 적이 있다. 축제 기획사는 사람들의 즐거움을 위해 노력했지만, 현실적인 여건 때문에 직원들은 격무에 시달려야 했다. 그 과정에 오롯이 즐거움만 있었다고 말하기는 어렵다. 축제 기획이라고 해서 기획서만 쓰고 빠질 수 있는 일이 아니었기에 많은 노동력이 투입되었다. 아주 사소한 것까지 직원들의 손길이 필요했다. 축제 현장을 지키는 스태프의 조끼와 명찰, 현수막을 매달기 위한 노끈까지.

사회적기업이라고해서 노동의 모습이 마냥 이상적이기만 한 건 아니다. 부당한 일도 있고, 억울한 일도 있다. 대표도 그렇고, 경영진도 그렇고, 직원들도 그렇다. 문화예술계에 종사한다고 해서 모두 '아티스틱한 예민함'을 가진 것도, 사회적기업이라고 해서 모두 '정의에 대한 열정'을 가진 것도 아니다.

사회적기업도 돈을 벌어야 지속 가능하다. 현실과 이상 사이의 아슬아슬한 줄타기에서 사회적기업이라고 더 능수능란한 광대인 것은 아니었다. 우리는 같이 실험을 하는 연구소 직원들이었다. 다른 기업은 어떨지 모르겠다. '만약에'를 상상만 하는 나는 내 작은 지옥 안에서 본 것들만 주섬주섬 늘어놓을 뿐이니까.

자영업자로 살면서, 프리랜서로 살면서, 큰 기업에서 일하면서, 사회적기업에서 근무하면서, 대표로 살면서, 직원으로 살면서, 점점 한쪽에 서서 말하기 어려운 사람이 되었다. 그들도 다 그럴 만한 사정이 있었다고. 그 자리가 그렇게 쉬운 자리가 아니라고. 모두가 저마다의 이야기가 있다고.

'만약에'를 상상하다 보면 언젠가 그 일을 할 확률이

높아진다. 사회적기업에서 일하면 어떨까에 대한 상상은 짧지만 그곳에서의 경험을 가능하게 했다. 이제는 다른 '만약'을 상상한다. 저곳에 있는 저 다른 지옥은 어떨까. 그들에게는 어떤 즐거움이 있을까.

꼭 정규직이어야 하나요?

“팀장님께 정규직을 제안하고 싶습니다.”

대표가 자랑스러운 목소리로 말했다.

“아니, 그것이 조금…….”

나는 머뭇거리며 손을 비볐다.

“아, 역시 연봉 때문일까요?”

“아뇨, 연봉은 이 정도로도 괜찮습니다만.”

“그렇다면 무슨 문제라도?”

“꼭 정규직이어야만 하나요?”

이곳에서 문화예술팀 팀장으로 일하기로 했다. 연봉은 박봉이 당연하게 여겨지는 업계치고 괜찮은 편이었다. 그러나 내 마음에 걸렸던 것은 오히려 정규직 제안이었다. 정규직!

결혼도 '살아 보고 해야 한다'고 주장하는 나는, 회사도 마찬가지로 다녀 보지 않고 이곳에 뼈를 묻겠다고 약속하기 어려웠다. 덜컥 약속하고 다녔는데 막상 일을 해 보니 이건 아니다 싶으면 어떻게 하란 말인가? 신입도 아니고 경력직인 데다, 이 일만 하고 이 회사 관계자와 안 볼 것도 아니었다. 정규직이라는 건 회사에서 내게 일할 기회를 준다는 뜻이기도 했지만, 나도 회사에서 오래 일할 것을 약속한다는 뜻 같았다. 같은 일을 하는데도 급여가 적고, 끊임없이 재계약을 해야 하는 탓에 제대로 된 노동의 권리조차 주장하지 못하는 비정규직의 문제에 공감한다. 때문에 나처럼 회사에 잠깐 몸을 담을 사람이 정규직이 되면, 나머지 사람들이 비정규직으로 남아야 했다. 누군가에겐 선물이 될 수 있는 일을, 자신도 없으면서 뺏은 기분이었다.

"제가 여기서 계속 일할지 장담할 수 없어서요. 일단 일을 해 본 후에 계속할지 말지 결정할 수 있는 게 아닐까요?"

대표는 그렇게 생각할 수 있다고 말하면서 고개를 끄덕였다. 그러나 계약직이 된다고 해서 내게 더 이득이 될 것은 딱히 없으니 그냥 정규직으로 함께 일하자고 했다. 다른 사람의 일자리를 뺏는 것도 아니라 했다. 그 배려 덕분에 정규직으로 일하게 되었다. 여기서 계속 일할지 말지는 들어와서 결정하겠다는 의사만 밝힌 채. 누가 보면 엄청난 능력자라도 모셔 오는 줄 알겠다며 빈정거릴 법하지만, 계속 일할 자신도 없으면서 호언하는 것이 더 책임감 없는 행동이라고 생각했다. 계약직으로 단기간 함께하기로 약속하는 것이, 그 후에 더 함께할지 말지를 결정하는 것이 내게 잘 맞았다.

공기업이나 대기업, 공공기관에서는 누구나 정규직이 되고 싶어 한다. 그러나 규모가 작은 스타트업은 2년 이상 버티는 경우가 많지 않기 때문에 정규직이 되는 것이 의미 없을 때가 있다.

출판업, 프리랜서일, 아르바이트를 슈퍼마리오처럼 점프하며 하던 내가 회사에, 그것도 일주일에 5일 동안 아침 9시부터 저녁 6시까지 근무해야 하는 회사에 다시 들어간다고 하니 친구가 물었다.

"역시 회사가 좋지?"

물론 회사는 좋지만 (따박따박 월급이 찍히는 통장이 그리워 매일 눈물이 난다) 기획사에 들어가기로 한 건 월급 때문은 아니었다. 이곳은 주로 구청이나 공공기관과 일을 했다. 국가 지원 사업에 제안서를 내고 경쟁입찰을 통해 일감을 따내고, 공무원들과 일하고, 국가기관 입맛에 맞는 결과보고서를 제출했다. 바로 이것이 배우고 싶었다. 제안서를 쓰는 요령, 경쟁 프레젠테이션을 잘하는 방법, 구체적으로는 예산기획서 양식이 어떻고 결과보고서의 범위는 어디까지인지, 시청이나 구청의 어떤 부서와 어떻게 커뮤니케이션하는지를.

왜냐하면 나와 두 친구가 함께 운영하는 출판사 '딴짓'을 키우고 싶었기 때문이다. 국가 지원 사업을 받아서 운영하고 싶었지만 우리 중 누구도 이 분야에 대해 잘 알지 못했다. 그렇다고 지원 사업을 잘 따내는 회사에 무작정 찾아가서 '노하우를 전수해 주십사' 간청할 수도 없는 노릇 아닌가. 누군가 일을 배워 와야만 했다. 학교나 학원 말고 현장에서.

그렇게 축제 기획사에서 일하게 되었다. 1월부터 6월까지는 정규직으로, 7월부터 10월까지는 계약직 프리랜서로. 그동안 크고 작은 축제 세 개를 기획했다. 이틀에 몇 억을 쓰는 대형 축제는 제안서 작업부터 결과보고회까지 함께했다. 물론 이 경험만으로 이 분야의 전문가가 되진 못했지만, 그래도 전체의 흐름과 몇 가지 팁은 파악할 수 있었다. 그 덕에 회사를 나온 후에도 내 자산이라고 할 만한 몇 가지 노하우가 생겼고, 결국 '딴짓'

제안서를 만들어 지원 사업을 따내기도 했다.

무엇을 배우고 싶은지를 명확히 하면 회사를 다니는 의미가 훨씬 풍부해진다. 회사에 있는 동안 내가 원한 것은 급여와 약간의 커리어, 그리고 배움이었다. 축제를 기획하는 일은 결코 설렁설렁 할 수 있는 일이 아닌 데다 계속되는 야근으로 지치기도 했지만 만족도는 높았다. 내가 무엇을 원하는지 잘 알고 있었기 때문이었다.

더불어 작은 회사에서 일해 보니 소규모 조직의 장단점을 곁눈질할 수 있었다. 회사는 막 몸집을 부풀려 가던 중이었고, 그런 와중에 일어나는 부차적인 문제들을 생생하게 겪을 수 있었다. 고작 세 명이지만 꾸준히 잡지를 만들고 있는 출판사를 운영하는 입장에서 대표의 마음도 이해가 되었고, 첫 회사에서 오랫동안 말단 직원으로 일했던 경험 탓인지 팀원들의 마음도 이해가 되었다. 덕분에 마음 놓고 대표를 욕할 수도, 그렇다고 직원들을 폄하할 수도 없었다. 다만 우물쭈물거리며 황희 정승 같은 말이나 하게 되었달까. 대표, 네 말도 옳다. 디자이너, 네 말도 옳구나. 기획자여, 네 말이야말로 옳다.

유연한 노동 형태를 추구하는 사람으로서, 앞으로도 나는 큰 배에서 선원으로 일하거나, 열심히 노를 저으면서 쪽배 하나를 몰고 있을지도 모르겠다.

이런 상상을 해 본다. 회사원과 프리랜서와 자영업, 백수를 모두가 자유롭게 오가는 사회가 되었으면 좋겠다고. 회사를 다니다가 반년쯤 쉬고 프리랜서 일을 하다가, 다시 회사에 들어갈 수도 있었으면 좋겠다. 한번 퇴사하면 낙인이 찍혀 다시는 돌아갈 수 없는 시스템은 개인의 발전에도, 회사의 경쟁력에도 좋지 않으니까. 그럼 퇴사가 대단한 결심처럼 취급되는 일도, 번아웃이 될 때까지 일하는 사람도 줄어들지 않을까?

다시 작은 나룻배를 타고 열심히 노를 젓고 있는 지금, 내 꿈은 배에 돛을 달고 가능하다면 모터도 다는 것이다. 누군가 함께 탈 수 있도록.

직업 선택의 세 가지 원칙

이제 막 기장으로 승진한 파일럿 친구가 놀러 왔다. 한창 비트코인 열풍이 불 때였다. 전에 봤던 그는 300만 원에 샀던 비트코인이 4,000만 원으로 올랐다며 몹시 신이 나 있었다. 3주 만에 그를 다시 봤을 때, 그의 비트코인은 8,000만 원으로 올라 있었다. 불과 3주 만에 4천을 벌다니! 이것이 일확천금인가!

"와, 정말 인생 모르는 거다."

이런 말이 절로 나왔다.

"정말 모르는 거지. 그런데 이런 생각이 들더라. 돈이 이렇게 쉽게 벌리는 거라면 나는 왜 9시까지 사무실에 나가는 걸까? 왜 10만 원이라도 더 싼 셋집을 구하러 전전하는 걸까? 왜 4,500원이 아니라 3,500원짜리 아메리카노를 사기 위해 5분을 더 걷는 걸까?"

"지금 내 얘기 하는 거니?"

"돈은 가상 숫자 같은 거야. 비트코인처럼."

"그렇지만 돈이 없으면 가상은 현실이 되는데."

"얼마나 없는 게 없는 건데?"

"글쎄, 자기가 원하는 만큼?"

"자기가 원하는 만큼이 어느 정도인데?"

"사람마다 다르겠지. 넌?"

이런 쓸모없는 이야기를 두서없이 주거니 받거니 했다. 그가 비트코인을 사라고 했을 때 살 걸 하는 후회가 잠깐 들었지만 금세 사라졌다. 너무 큰 행운은 우주에서 일어나는 일 같아 질투가 나지도 않는다. 내가 잘 알지도 못하는 비트코인을 몇 천씩 척척 사들이는 성격이었다면, 주식으로도 그만큼 툭툭 잃는 사람이지 않았을까?

주식이나 부동산으로 돈을 벌 재주가 없는 나는 영락없이 노동력을 팔아 밥술이나마 뜨고 살아야 한다. 여러 가지 직업을 가지고 살다 보니 수입도 여러 곳에서 조금씩 여러 번 들어온다. 예전에는 하루에 300만 원이 들어왔다면, 이제는 초순에 출판사에서 100만 원, 중순에 언론사에서 100만 원, 말일에 바에서 100만 원 이렇게 들어온다. 통장에 붉은 글자가 여러 번 찍힌다. 빨간 글자가 여러 개면 이 중 하나가 없어져도 밥을 굶지 않겠군 하고 한숨 돌리기도 하지만, 이 글자가 과연 시간이 지나도 상승세일지 초조하기도 하다.

프리랜서로 일하는 건 경제적으로 불안하다. 그 영역에서 유일무이한 기술을 가지고 있지 않은 이상 돈을 많이 주는 일감이 꾸준히 올 리 없고, 설사 들어온다 하더라도 내가 원할 때 원하는 만큼 들어오지도 않는다. 일은 한 달 내내 야근을 해야 할 만큼 많기도 했다가, 모두가 내 존재를 잊은 건 아닌가 싶을 만큼 뚝 끊기기도 한다. 페이가 괜찮은 프로젝트가 들어오기도 하지만, 재능기부 수준에 가까울 만큼 낮은 페이의 일을 하게 되기도 한다.

특히 통장 잔고가 바닥을 긁을 때는 생계의 최전선에 있다는 게 무슨 느낌인지 알 것 같다. 배우가 직업인 친구의 웃픈 에피소드가 생각난다. 계속되는 연극 연습 때문에 고정적인 아르바이트도 할 수 없었던 친구는 한 달에 30만 원으로 살아야 했단다. 월말이면 라면 살 돈이 없어, 한번은 찬장에 남은 국수를 육수도 없이 삶아 먹었다고 했다. 통장 잔고가 바닥을 칠까 말까 으르렁거릴 때면 나도 괜히 찬장을 열어 본다. 육수 없는 국수는 무은 맛일까?

그런 상황에서도 가치에 맞지 않는 일을 하기는 싫었다. 육수 없는 국수 맛을 상상하는 월말이 오면, 이 두 가지를 지키는 게 몹시 어렵다. 돈을 무시하지 않으면서 돈에 속박되지 말 것. 미래를 생각하면서도 오늘을 살 것.

하여, 여러 가지 직업을 가지고 살면서 나름의 세 원칙을 정했다. 첫째, 사회에 해가 되지 않는 일이어야 한다. 둘째, 즐거운 일이어야 한다. 셋째, 최적생계비(최저가 아니다)를 받을 수 있을 정도여야 한다.

사회에 해가 되는 일에는 내 가치에 맞지 않는 일도 포함되었다. 한번은 친하게 지내던 회사의 부장님이 어느 시의 시장과 함께 만나는 자리를 주선해 준 적이 있었다. 회사에서 마케팅 일을 했던 것이 경력이 되었는지, 그는 내게 시 홈페이지와 SNS 관리를 부탁했다. 그러나 내가 받은 그의 명함 뒷면에는 지금은 감옥에 있는 전 대통령과 어깨동무를 한 사진이 인쇄되어 있었다. 아니나 다를까. 그의 정치 노선은 내가 지지하는 바와는 너무 달랐다. 도저히 그 일은 맡을 수가 없었다.

두 번째 조건인 즐거운 일에는 대부분의 일이 해당되었다. 어떤 일이든 맡고 보면 흥미로운 구석이 보인다. 사람을 만나 인터뷰하는 일도, 누군가의 글을 고치는 일도, 내 글을 쓰는 일도 다 조금씩은 엔도르핀을 돌게 하는 꼭지가 있다.

세 번째는 최적생계비를 벌 수 있을 만한 일이어야 한다. 하고 싶은 일의 상당수는 돈이 되지 않는 일이었지만, 이상하게도 지루한 것일수록 지갑을 배불릴 수 있는 일이었다. (재미와 급여는 반비례한다는 법칙이라도 있는 걸까?) 상근직은 비상근직보다 돈을 더 주었고, 많은 경우에 계약 기간이 길어질수록 페이도 높았다. 이건 일이라기보다는 놀이 같다 싶은 일이라도 생계비를 벌 수 있는 수준이 아니면 다시 생각했다.

그 외에도 웬만하면 글을 쓰는 일일 것, 함께 일을 하는 사람들에게 배울 만한 점이 있을 것, 유연한 근무 형태를 보장할 것, 육체노동을 어느 정도 포함할 것과 같은 조건들도 따라붙었다.

이렇듯 기준을 세우는 것은 분명한 의미가 있었다. 그건 주체적으로 살고 있다는 것을 스스로 계속해서 확인하는 일이었다. 너무 배가 고플 때 음식을 허겁지겁 먹어 탈이 나지 않게 해 주었고, 코앞보다는 먼 길을 바라보게 해 주었다.

비트코인의 신화는 내 삶에 일어나지 않을 것이 거의 분명하므로, 아마 나는 자주 찬장을 열어 보며, 육수 없는 국수 맛을 상상하며 지내야 할 것 같다. 그래도 한 번 사는 인생, 오기를 부려 봐야지. 통장에 찍힌 붉은 줄을 세어 가면서!

프리랜서,
휴식의 리듬 만들기

아주 옛날, 연예인들이 전생 체험을 하는 프로그램을 봤다. 체험자는 편안한 의자에 누워 최면술사의 마법 같은 능력에 홀리듯 따랐다. "어떤 여자가 보여요. 한복을 입고 있어요. 결혼식인가 봐요." 혹은 "뜨거워요. 뭔가를 태우고 있어요." 따위의 말을 중언부언하는 걸 듣는 재미가 쏠쏠했다. '최면'이라는 과학적(?) 단어와 '전생'이라는 우리나라 특유의 토테미즘을 믹서기에 넣고 잘 갈면 인기 있는 예능프로그램이 되는가 싶었다. 그걸 보면서 내 전생은 무엇일까 궁금했는데, 사는 모습을 보아 하니 아마 화전민 정도가 아니었을까 싶다. 땅 주인이 되기엔 시작부터 글렀고 소작농은 도저히 적성에 안 맞아, 척박한 산으로 올라간 화전민. 금수저는 아닌데 회사 녹을 받아먹고 사는 게 적성에 안 맞아, 프리랜서로 사는 화전민.

프리랜서란 직업이 아니고 상태다. '무엇을 하는 사람'이 아니라 '어떠한 형태로 일하는 사람'으로 정의된다. 어떻게 보면 프리랜서라는 말은 직업보다는 '삶의 태도'에 가깝다. 프리랜서는 자기가 일하고 싶을 때만 일하는 사람도 아니고, 일하고 싶은 곳에서만 일하는 사람도 아니고, 하고 싶은 일만 하는 사람도 아니다.

계약에 따라 매일 정해진 장소에 가야 할 때도 있고, 일이 고역이라 그만두고 싶다가도 이 바닥에서 평판이 안 좋아질까 꾸역꾸역 끝내는 때도 있다. 일감은 불규칙하게 들어와 회사에서처럼 업무 강도를 조절할 수도 없다. 그러니 프리랜서는 이러한 정의보다 더 철학적이고 서정적인 관념으로 묶이는 것이 나을 수도 있다.

그러니 프리랜서의 '프리'는 자유롭게 일한다는 게 아니라 '자유'의 가치를 중요시하는 사람이라 보는 게 낫겠다. 자유의 값에 놀라며, 혀를 내두르며, 불평불만을 쏟아 내며 뒤돌았다가 기어이 다시 와서 그 값비싼 자유를 사는 사람. 자유의 값을 치르느라 일감을 찾아다니고, 영업하고, 더 많은 일을 하면서도 더 적은 돈을 받고, 법의 테두리 망 밖에 있는 것을 감내하는 사람. 직장인 대출을 받지도, 명절에 회사에서 나오는 과일을 받지도 않고, 연차나 휴가 사용도 언감생심인 사람. 그런 사람이 프리랜서다. 그러니 프리랜서는 그 비싼 자유의 값을 아끼고 아낀 돈으로 사는 사람이라 말하는 것이 정확하겠다.

그런데도 왜 프리랜서를 할까. 재미있게도 프리랜서의 장점은 바로 그 단점 때문에 얻어질 때가 많다. 여러 일감을 동시에 하고 있으니 내 목줄을 쥔 사람이 한둘이 아니고, 그러기에 한 개의 목줄쯤 끊어져도 생계에 큰 지장이 없다. 하나의 굵은 밧줄에 매달려 살기보다 여러 개의 가느다란 줄에 몸을 묶고 사는 사람이랄까. 거미처럼 한없이 가느다란 줄을 뽑아내면서 풀어지는 줄은 미련 없이 떨어뜨리며, 그것으로 커다란 그림을 그려 보려는 사람이다.

게다가 프리랜서는 아무리 연약할지라도 자신의 껍데기를 두르고 세상에 나간다. 글을 써도 내 이름으로 나가고, 출판마케팅을 해도 판권엔 내 이름이 새겨져 있다. 부딪치고 깨져도 그만큼 껍데기가 단단해지기에 가치가 있다. 근무지와 시간이 어느 정도 자유롭다는 것도 큰 장점이다. 상황만 잘 조율하면 근무지가 굳이 한국이 아니더라도, 근무시간이 아침 9시부터 저녁 6시까지가 아니더라도 괜찮다.

이런 프리랜서에게도 휴가는 필요하다. 비록 여름휴가도 연차도 없지만, 그래서 쉬는 만큼 일을 못 하는 비용은 고스란히 내가 지불해야 하지만 말이다.

건강할 때 건강관리에 충실하기란 쉽지 않다. 출근과 퇴근을 누군가 통제해 주지 않는 프리랜서는 더욱 그렇다. 누군가 끊어 주지 않으면 밤늦도록 일할 때가 많고 (글을 쓰는 지금, 시곗바늘은 새벽 세 시를 향해 가고 있다) 어쩌다 보니 한 달 내내 쉬지 않고 일하기도 한다.

쉬지 않으면 대표적으로 두 가지 문제가 생긴다. 하나는 역시 건강이다. 지금이야 괜찮지만 체력도 평생 쓰는 육체의 자원이다. 오래 일하고 싶다면 지금 덜 일해야 한다.

둘은 새로운 자극을 접하지 않으면 새로운 아이디어도, 콘텐츠도 나오지 않는다는 사실이다. 프리랜서야말로 매일 같은 공간으로 출근하는 회사원이 가지지 못하는 창의성이 있어야 하는 사람이다.

한번은 휴가 삼아 제주에 간 적이 있다. 프리랜서로 단기간 근무하며 진행하던 프로젝트 하나가 끝난 참이었다. 10월 마지막 날부터 보름 정도 나에게 휴식을 선물했다. 제주에 사는 친척이 마침 집을 비워 그 집에서 지낼 수 있었다. 보름 동안 질리도록 바다를 보면서 글을 쓰는 것이 목표였다. 1년에 한 번 이상은 가는 제주라 새삼 관광지를 보고 싶지도, 맛있는 음식을 먹으러 다니고 싶지도 않았다. 그래서 목표를 이루었느냐고?

제주로 가기 전날, 전에 일했던 회사에서 연락이 왔다. 사무실에 한 달에 한 번만 나오고 대부분은 온라인으로 하는 일이라 마음에 들었던 직무였다. 대표는 비슷한 프로젝트를 한 번 더 맡아 주었으면 좋겠다고 했다. '내일부터 휴가인데요'라는 말은 쏙 들어갔다. 비행기를 타기 전 급하게 회사와 미팅을 하고, 결국 일감을 안고 제주로 향했다.

쓰고 싶었던 글을 실컷 쓰고 싶어서 제주에 갔는데 막상 마음껏 글을 쓸 시간이 생긴 건 아니었다. 제주에서의 생활도 장을 보고, 밥을 해 먹고, 옷을 빨고, 청소를 하는 일상과 다름없었다.

그렇게 오전을 보내고 오후부터 가지고 온 일을 처리하다 보면 늦은 시간이 되어서야 온전히 내 시간이 생겼다. 게다가 '휴가 중입니다, 연락하지 마세요'라고 간판을 내걸고 온 것도 아니니 프리랜서인 내가 휴가를 보내는 걸 알 리 없는 사람들이 업무 메시지를 보내왔다.

'넌 쉬고 싶을 때 쉴 수 있잖아'라고 말한다면 프리랜서에 대해 몰라도 한참 모르는 말이다. 프리랜서에게 자체 휴가란 이렇게 어렵다. 어느 정도 궤도에 오르거나 유명세를 탄 사람이 아니고서야 '좀 쉬고 싶어서요'라는 말로 일을 거절하긴 힘들다. 그럴 때 일을 거절하면 정말 중요한 이유 때문에 입을 열어야 할 때 그렇게 하지 못한다.

제주에서 관광지를 돌아다니지는 않았지만 관광객으로서 내가 세운 원칙은 있었다. 좋은 카페를 다닐 것. 이왕이면 커피가 맛있거나 풍경이 좋은 곳으로 갈 것. 그래서 매일 아침 괜찮다는 카페를 검색해서 하루에 두 곳씩 자리를 옮기며 일했다. 디저트가 맛있는 곳, 바다가 잘 보이는 곳, 로스팅이 훌륭한 곳, 인테리어가 좋은 곳. 좋은 카페는 차고 넘쳤다. 매일 새로운 카페를 만나는 기쁨을 누리며 유목민처럼 이곳저곳을 배회했다.

어차피 그곳에서 하는 것이야 노트북에 코를 박고 타자를 치거나, 이고 지고 싸 간 책을 뒤적거리며 글을 발췌하는 일이었지만, 그래도 눈을 들면 바다가 있었다. 그 잠깐의 숨 돌림에서 순간을 잡을 수 있었다. 바람을 쐬러 밖으로 나오면 바다 내음이 와락 감겼다. 제주가 서울과 다른 건 그 고요함이었다. 제주에 머문 지 며칠

이 지나서야 나는 밤마다 느껴지는 이질감이 무엇인지 깨달았다. 그건 적막이었다. 서울에서도 홍대 한복판에 사는 나는 낮이고 밤이고 길을 가는 행인의 수다나 울리는 차 경적 소리, 집 앞 버스정류장의 안내음 소리에 시달리며 산다. 그 소음에 너무 익숙해져 내가 그것을 힘들어 하는 줄도 몰랐는데, 제주에서는 웬만한 시내가 아니고서야 거리가 조용하다. 내가 있던 서귀포시 서홍동에는 밤이면 개 짖는 소리 외에는 별달리 들리는 소리도 없었다.

그렇게 15일의 휴가 아닌 휴가를 보내고 서울로 돌아왔다. 일은 여전히 산적해 있고, 집 앞 대로변의 소음은 여전히 노크도 없이 담장을 넘어왔다. 제주에서도 편히 쉰 것은 아니지만 그래도 바다 내음을 맡으니 얼마간을 견딜 수 있었다.

프리랜서,
노동의 리듬 만들기

2007년. 프리랜서라는 용어조차 낯설었던 대학생 시절. 프리랜서 웹디자이너 친구와 식사를 한 적이 있다. 그는 1시부터 2시가 자신이 정한 점심시간이라, 6시 전에는 그때만 만날 수 있다고 했다. 프리랜서에게도 정해진 점심시간이 있다는 게 놀라웠던 기억이 난다. 그는 아침 10시면 카페에 가서 일을 시작했다. 카페 문화가 널리 퍼지지 않았던 때였음을 고려해 보면, 그는 여러모로 남들보다 참 빨랐던 것 같다.

2015년. 혼자 일하는 생활을 시작해서야, 그때 그 친구가 자신만의 일하는 습관을 기르기 위해 얼마나 고군분투했을지 짐작하게 되었다. 난생처음 피트니스 센터에 들어와서 트레이너 없이 혼자 운동하는 기분이랄까. 벤치프레스는 몇 번을 해야 하지? 아령은 이런 식으로 드는 게 맞나? 런닝머신 위에서 몇 분 뛰다가 시무룩해져 내려오길 여러 번, 결국 하루 이틀 운동을 빼먹게 된다. 3개월을 결심하고 등록한 운동을 2주 만에 포기하는 것처럼 막막한 느낌이었다.

혼자 일하는 습관을 잡는 건 어려운 일이다. 아무도 깨우는 이가 없으니 나를 끌어당기는 침대의 유혹을 뿌리치기 힘들다. 한두 시간 정도 늦게 일을 시작하면 어떠랴 싶어서. 그렇게 느긋하게 자고 일어나면 씻지도 못하고 허겁지겁 바쁜 일을 처리하게 된다. 일이 잘될 때는 점심도 거르고 일한다. 오후 늦게서야 허기가 진다. 그제야 겨우 한 끼를 챙겨 먹는다. 일이 안 될 때는 엉덩이를 붙이고 있는 것이 비효율적으로 느껴져 괜히 청소도 하고 세탁기도 돌려 본다. 이런 생활이 반복된다. 리듬을 잡기는커녕 엉망인 생활을 유지하는 게 리듬이 된다. 자연스럽게 건강이 나빠진다. 불규칙한 식사습관, 들쑥날쑥한 수면 시간. 통장에 쌓이는 돈도 일정하지 않은데, 일하는 습관마저 엉망이면 자괴감에 빠지기 쉽다. 수입만큼이나 정신 건강이 중요하다. 이런 생활이 반복되면 영 프리랜서 체질이 아니라며 포기하기 딱 좋다.

혼자 오래 일해 본 경험이 있는 이들은 자신만의 작업 리듬이 있다. 신예희 작가는 집에서 일을 해도 작업실 방을 따로 둔다고 했다. 정해진 시간이 되면 옷을 갈아입고 작업실로 출근한다. 작업하는 동안에는 휴대폰도 꺼 둔다. 점심시간이 되면 작업실에서 나와 식사를 한다. 신 작가의 퇴근 시간은 직장인들과 마찬가지로 저녁 6시. 그때부터는 일 생각을 안 한단다. 조금만 더 하면 잘할 수 있을 것 같은데, 지금 집중이 잘 되니까 오늘은 좀 더 일해 볼까 하다가는 일의 흐름도 놓치고 건강도 잃는다. 프리랜서는 조직에 속한 사람보다 더 건강관리에 신경을 써야 한다. 회사에서야 병가를 낼 수 있지만, 혼자 일하는 사람이 아파서 일을 못 하면 기회비용이 크니까.

최근에 트위터에서 혼자 일하는 사람을 대상으로 한 'KMN'이라는 워킹법이 이슈였다. 번역가 김명남 씨가 개발했는데, 40분 일하고 20분 휴식하는 세션을 하루 8번 반복하는 방식으로 일한다. 트위터에서 이 방법으로 효과를 본 사람들이 김명남씨의 이니셜을 따 KMN이라는 단위로 부른다. 40분 동안은 전화나 문자도 받지 않고 오로지 일에 집중한다. 인터넷을 쓰더라도 쇼핑이나 SNS, 카카오톡은 하지 않는다. 40분이 지난 후 알람이

울리면 일을 멈추고 무조건 휴식한다. 20분 후에 알람이 다시 울리면 일을 시작한다. 휴식 시간은 알아서 즐긴다. 단, 20분 안에는 무조건 다시 자리에 앉아야 한다. 일이 너무 잘 된다고 해서 40분을 넘기지 않아야 한다.

스스로를 N잡러로 명명한 여성커뮤니티 '빌라선샤인'의 홍진아 대표를 인터뷰할 때, 다양한 직업 속에서 노동의 균형을 잡는 노하우에 대해 물은 적이 있었다.

"매일 로그인한 이메일 계정과 나의 뇌를 연동하는 방법으로 일의 균형을 맞췄다. A라는 프로젝트를 하는 날에는 B프로젝트 계정을 저녁 6시 이전에는 열지 않는 걸 원칙으로 삼았다. 조직에도 그렇게 알려야 한다. A프로젝트를 하는 곳에 출근하는 날은 B프로젝트 회사에 오늘은 다른 곳에서 일하는 날이라고 알리는 것이다. 처리된 일의 맥락을 알리고, 혹시 급하게 연락해야 할 부분이 있으면 개인 메시지를 달라고 하면 된다. 다급한 일이 생길 것이 예상되면 일하는 요일 자체를 미리 조절했고, 그렇지 않은 경우 대부분의 일은 다음 날 출근해서 처리했다. 이렇게 일과 나의 리듬을 맞춰 나갔다."

사전에 조직과 협의가 되어 있다면 괜찮지만, N잡러로 일하면서 그렇지 않은 상황을 마주할 때도 있었다. 축제 기획사에 다니면서 출판사와 한옥문화공간 '틈',

북바를 동시에 운영할 때였다. 축제는 축제날이 다가올 수록 급작스러운 업무가 생길 때가 많았다. 예상치 못한 문제가 여기저기서 툭툭 튀어나왔다. 그건 노련함과는 무관했다. 오히려 축제 기획에서의 노련함은 예상하지 못했던 문제를 어떻게 자연스럽게 해결하느냐에 달려 있었다. 축제 일주일 전에 기상청에서 갑자기 비 예보를 하기도 했다. 축제 장소가 있는 구의 구청장이 바뀌면서 축제에 제동을 거는 정책을 통과시키기도 했다. 축제에 초대한 VIP들이 서로의 감정 싸움으로 오지 않겠다고 선언할 때도 있었다. 그럴 때는 사전에 약속했다고 해서 일주일에 이틀만 일할 수 없었다. 갑작스러운 상황에도 나는 스탠바이가 되어 있어야 했다.

N잡러라고 해서 모두 비슷한 영역에서 일하는 건 아닐 테다. 누군가는 요리를 하면서 청소부로 일할 수도 있고, 스타트업에서 마케팅을 하면서 일러스트레이터로 활동할 수도 있다. 결국 어떤 길에도 정해진 답이 없다. 무게 추를 조금씩 옮겨 보면서 자신에게 맞는 방법을 찾는 수밖에. 그럼에도 불구하고 사전에 그 길을 간 사람들의 노하우는 많은 힌트가 되었다.

사막은 모래 바람이 불 때마다 지형이 너무 심하게 변해 지도가 무의미하다고 한다. 그래서 사막에서는 지도 대신 하늘을 본다. 별자리를 더듬어 가야 할 길을 찾는 것이다. 끊임없이 변화하는 시대에서 누군가에게 해법을 내놓으라고 떼를 쓰는 건 소용없는 일이다. 롤모델이 없는 시대라고 하지만, 누구도 이 시대를 먼저 살아보지 않았기에 명확한 지도를 가진 이가 없는 건 당연하다. 다만 우리는 먼저 하늘을 봤던 사람들의 이야기를 들을 수 있다.

《유엔미래보고서 2050》에서는 2050년이 되면 모두가 프리랜서가 된다고 말했다. 프리랜서를 뭐라고 정의 내릴지는 좀 더 논의가 필요하겠으나, 노동의 형태가 달라질 것이라는 메시지는 분명하다. 어차피 모두 프리랜서가 될 세상이라면, 남들보다 먼저 그 길을 가는 것도 나쁘지 않겠다. 그럼 사막의 별은 내게 이렇게 보였노라고 누군가에게 말해 줄 수 있을지도 모른다.

프리랜서가
지켜야 할 덕목

내가 운영했던 북바에서는 한 달에 한 번 작은 책모임이 있었다. 멤버의 대부분은 퇴근 후 귀가하듯 이곳을 찾는 단골이었다. 넥타이를 벗어서 가방에 구겨 넣으며 사람들은 진지하게 이런 질문을 던졌다.

"일 안 하고 먹고사는 방법 어디 없나."

이것은 불평이나 투정이 아니었다. 우리는 진지하게 그 주제에 골몰했다. 로또 당첨? 신도시 청약 당첨? 선물옵션? 스타트업? 모든 가능성을 매번 검토하다, 무엇에도 가능성이 없다는 점을 매번 확인한 후, 패배감에 젖어 매번 술을 마셨다. 사실 술을 마시기 위해 이 과정을 반복하는 것 같기도 했다. 이만한 안주도 없었기 때문이다.

어디 가서 이야기하지 말자고 다짐하긴 했지만(이래서 글 써서 벌어먹고 사는 사람과는 친구가 되면 안 되는 것이다) 책모임 멤버중 국내 굴지의 대기업에 다니던 한 친구는 '큰 조직에서 무임승차'하기가 꿈이었다. 스타트업에서 대차게 실패한 후에 깨끗이 손 씻고(?) 기업에 입사한 그는, 별일 안 해도 월급이 나오는 기간엔 그 달콤함을 한껏 즐기곤 했다. 기업이 바보가 아니고서야 곧 그를 바닥까지 쭉쭉 빨아먹겠지만, 큰 조직에서는 가끔 무임승차 기간이 있기도 하다.

그러나 프리랜서에게 그런 일은 요원하다. 특히 명성도 수상 이력도 없이, 셀러브리티는커녕 아웃사이더가 되지 않으면 다행인 나에게는 더 그렇다. 프리랜서로 먹고살려면 직장인보다 더 지켜야 할 것들이 많다.

한 프리랜서 작가를 인터뷰하던 중에 이런 에피소드를 들은 적이 있다.

"처음 프리랜서 업계로 뛰어든 후배가 있었어요. 처음 시작하면 당연히 일감이 별로 없죠. 그래서 제가 일을 몇 가지 부탁했어요. 그런데 막상 당일이 되니까 연락이 안 되는 거예요. 잠수 탄 거죠. 제가 곤란해졌어요. 나중에 물어 보니 결과물에 자신이 없어서 내놓을 수가 없었다고 하더라고요. 결과에 자신이 없어도 일단 보여 주기는 해야죠. 그게 책임감이에요."

전자회사에 다니는 친구는 업계에 이런 말이 떠돈다고 했다.

"마감은 금이고, 퀄리티는 은이다."

아무리 퀄리티가 좋아도 마감기한을 지키지 못하면 가치가 떨어진다는 말이다.

프리랜서로 일하다 보면 자기가 만든 결과물에 만족하지 못하는 경우가 많다. 특히 글을 쓰거나 그림을 그리고 사진을 찍는 창의적인 일의 경우 더 심하다. 실력이 곧 자기를 대변하는 것 같을 땐 마음에 들지 않는 결과물을 내놓는 것이 자존심 상한다. 그러나 자신의 '예술'을 하는 게 아니라 클라이언트와 계약을 하고 일을 한다면, 계약 조건을 지키는 것이 무조건 먼저다. 좋은 퀄리티를 만드는 것은 그 후에 차차 보안해 나가도 늦지 않다. 클라이언트의 피드백을 들으면 좀 더 나은 결과물을 낼 확률도 높아진다. 똑똑한 클라이언트라면 마감기한을 빹하게 잡기보다 조금 여유롭게 잡아 결과물을 수정할 경우를 대비할 것이다.

마감기한 외에도 내가 지키고 싶은 포인트는 또 있다. 자신의 '예술 활동'과 '일'을 구분하는 것이다. 서울문화재단의 미술 프로젝트에서 프리랜서로 일할 때의 일이다. 내가 맡은 일은 미술계의 신진 작가들을 인터뷰하고 일반인들이 이해하기 쉽게 에세이로 쓰는 일이었다. 나 외에도 프리랜서가 몇 명 더 있었는데, 우리와 신진 작가 사이를 조율하는 기획자 중 한 명이 내게 이런 불만을 털어놓은 적이 있었다.

"도저히 원고를 그대로 못 올리겠는 거예요. 콘셉트하고 너무 안 맞아서요. 그런데 다시 써 달라고 하면 불같이 화를 내시고요. 제가 문장을 좀 고치면 자기 글을 임의로 수정했다고 몹시 기분 나빠 하시더라고요."

계약을 하고 고료를 받은 이상 프로젝트의 취지에 맞는 글을 써야 한다. 자기의 개성을 살린 글을 쓰고 싶다면 개인적으로 발표하는 게 더 좋지 않을까? (그래서 나는 좋은 예술가가 못 될지도 모른다) 그런 고집으로는 완벽한 예술작품을 만들어 낼 수는 있겠지만, 좋은 노동자가 되기는 힘들 것이다.

그런 의미에서 '장사'와 '봉사'를 분명히 구분하는 것도 필요하다. 때로는 취지가 좋으니까, 혹은 의미 있는 일이니까 같은 핑계로 임금을 깎거나 아예 주지 않으려는 경우도 있다. 특히 글값을 지불하지 않으려는 경우가 많다. 이런 좋은 매체에 실리니까, 사람들이 많이 볼 거니까, 커리어가 될 거니까 등을 이유로 내세워 고료를 주지 않으려는 것이다. 그러나 일의 취지가 얼마나 좋든, 임금을 받을지 말지 결정하는 것은 나의 몫이다.

꼭 대가를 받으라는 것이 아니다. 기꺼이 봉사하고 싶은 곳이 있다면 '봉사'임을 명확하게 밝히고 함께해도 좋다. 다만 장사꾼에게 일꾼 취급을 당하면서 자원봉사자의 영예는 누리지 못하는 상황만은 피하자는 것이다.

'좋아하는 일을 한다' 혹은 '예술을 한다'라는 이유로 말도 안 되는 돈을 주고 사람을 부리려는 곳이 있다. 사진작가인 한 지인은 해외 사진 촬영 프로젝트를 제안하면서 왕복 항공권과 현지 체류비를 제하면 10원 한 장 남지 않을 금액을 말한 회사도 있다고 했다. 그는 씁쓸하게 거절했지만 이렇게 덧붙였다.

"그래도 그 사람들은 분명 하겠다는 사진작가를 구할걸요. 이 업계에 처음 들어오는 작가들은 이력이 필요하니까요. 누군가는 그 돈 받고도 한다는 게 문제죠."

그 돈을 받고도 하는 사람들이 생기면 그 회사는 계속 같은 돈을 지불하려 할 것이다. 프리랜서들의 제 살 깎아 먹기는 이런 식으로 반복된다. 그래서 제대로 된 권리를 보장받지 못하는 프리랜서에게도 노조가 필요하다.

일 안 하고 먹고사는 방법. 어딘가는 그런 일이 있겠

지만, 그보다 더 알고 싶은 건 '좋아하는 일을 적당히 하며 먹고사는' 방법이다. 머리가 희끗희끗해져도 나는 내가 좋아하는 일을 하며 사회의 구성원으로 남고 싶다.

딴짓을
오래 할 수 있는 원동력

"축구 선수만 축구를 하라는 법은 없잖아."

밥벌이에서 자유로울 수는 없지만 우리는 누구나 자신을 위한 의미 있는 활동이 필요하다며 '딴짓 예찬'을 하고 다닌다. 축구 선수만 축구를 하라는 법은 없다는 말은 하고 싶어서 하는 어떤 일이 꼭 잘하는 어떤 일이 될 필요는 없다는 이야기다.

무엇인가를 '하기' 위해서 어떤 누군가가 '되어야' 할 의무는 없다. 빵 굽는 게 좋다면 밀가루 반죽을 조몰락거려 볼 수도 있고, 소설 쓰는 게 좋다면 등단하지 않아도 책을 만들어 볼 수도 있다. (물론 그것을 돈을 받고 파는 건 다른 문제다) 그저 좋아서 하는 일이면 족하다.

그러나 정말 그럴까? 딴짓 예찬을 한 지 5년. 이 시간이면 연인도 결혼을 고민하고, 사업에서도 새로운 도약을 꿈꾼다. 이제는 좋아하는 일을 하라고 하는 것보다 어떻게 그 일을 '지속할 수 있을까'에 대한 고민이 앞선다. 수익이 없어도 내가 좋아하는 일을 지속할 수 있을까? 사람들의 인정이 없어도 계속할 수 있을까?

내 친구 중에는 3년 전 등단해 작품 활동을 계속하는 안준원이라는 소설가가 있다. 그는 대학을 졸업한 후 단 한 곳의 회사에도 입사지원서를 넣지 않고 소설가 지망생(이런 단어는 없다고 생각하지만)으로만 5년을 살았다.

그가 소설에만 매진한 지 2년이 되었을 때 나는 그 친구 대신 손톱을 뜯었다. 3년이 되자 친구가 다른 사람들과 자신을 비교하며 자격지심을 느끼지는 않을까 오지랖을 부렸다. 5년이 가까워졌을 땐 아직 소설을 쓰느냐는 질문을 하기조차 망설여졌다.

그 친구가 한 번도 그런 말을 한 적이 없었는데도 '돈이 벌리지 않으니 소설을 계속 쓰기 힘들겠지'라는 나의 지나친 걱정이 부러 친구를 배려하게 했다. 그런 친구가 이런 말을 한 적이 있었다.

"나는 그만두는 법을 배우지 못한 사람 같아. 소설을 쓴다는 건 도를 닦는 것과 비슷해."

글을 쓴다는 건 돈이 벌리는 일도 아니요, 등단하기 전까지는 누가 알아주는 것도 아니다. 힘들게 쓴 글을 실을 플랫폼도 많지 않다. 그런데도 글을 계속 쓰는 원동력은 어디서 나오는 걸까? 친구의 말대로 그건 그만두는 법을 배우지 못한 자의 '수련'에 가까운 걸까?

'좋아한다'라는 것이 딴짓을 하는 가장 큰, 심지어 유일한 이유가 될 수 있지만, 수익과 사회적 인정 없이 딴짓을 지속한다는 건 얼마나 많은 자존감을 필요로 할까? 물리학 박사 학위를 따고 지금은 국내의 대기업에서 연구원으로 일하고 있는 다른 친구는 삶에서 힘들었던 순간으로 성과 없이 연구를 계속하던 때를 꼽았다.

"성과를 확인하면서 나아가는 것은 의외로 쉬워. 성과가 없으면서 지속하는 것이 어렵지."

자신의 가치를 밖에서 판단하게 내버려 두면 삶이 괴로울 수밖에 없다. 우리는 타인의 무심한 평가에 흔들리지 않을 든든한 자존감이 필요하다. 그러나 사회생활을 하면서 사람들의 피드백과 평판에 귀를 막기도 쉽지 않은 노릇이다. 무언가를 하는 것 자체에서 원동력을 얻는 것도 좋지만 그 원료에만 의지하기엔 삶도, 딴짓할 시간도 길다.

딴짓을 지속하게 하는 원동력은 의외로 소소한 '인

정'에 있다. 커다란 성과 하나를 이루는 것보다 작지만 여러 번의 성공 경험을 쌓는 것이 전체 행복의 총량을 늘리는 데 좋다고 한다.

신춘문예 당선이라는 한 번의 경험에서 오는 만족감보다 작은 커뮤니티에서 자신의 글이 조금씩 인정받아 마침내 소정의 고료를 받게 되는 그 긴 과정이 더 즐거울 수 있다. 아마추어 댄서로 시작해 조금씩 큰 무대로 나아가는 것이 긴 암흑기를 지나 하루아침에 별이 되는 것보다 만족스러울 수 있다. 이렇듯 나의 존재 가치를 소소하게 자주 확인하는 것은 자존감을 지키는 것에 큰 도움이 된다.

조직에서 커다란 일로 인정받는 것만큼이나 오롯이 내 것이 되는 작은 딴짓으로 진척을 이루는 것도 큰 기쁨이다. 솔직히 경쟁 프레젠테이션으로 큰 일감을 따냈을 때보다 내가 직접 만든 책의 온라인 서점 순위가 올라갈 때 내 마음은 춤을 춘다. 하여 주변으로부터 소소한 인정을 받는 것부터 시작하는 게 중요하다. 작지만 잦은 즐거움은 딴짓을 지속하는 원동력이 되고, 지속하는 것만으로도 성공 확률은 높아진다.

인심도, 여유도 곳간에서 생긴다. 딴짓으로 돈 벌기를 기대하는 사람은 많지 않지만 수익이 생긴다면 그것을 지속할 힘은 훨씬 커진다. 반대로 딴짓을 할 때마다 지갑이 얇아진다면 아무리 좋아하는 딴짓이라도 계속하긴 힘들 것이다. 딴짓을 오래 하려면 딴짓으로 생긴 아주 소소한 수익을 얻으려 노력하는 게 좋다. 적어도 언젠가는 이것으로 돈을 벌리라는 희망을 가지는 것도 도움이 된다.

독립출판, 인터뷰, 출판 강의 등 내 일의 대부분은 모두 좋아서 하는 일이고 가치관에 맞아서 하는 일이지만, 이것이 생계비로 돌아오지 않을 때는 심통도 난다. 애정표현을 하지 않는 연인에게 보답받지 못할 사랑을 갈구하는 기분이다. 하여 내 나름의 노하우가 있는데, 모든 딴짓에서 들어오는 수입을 정리해 월말에 내게 '급여명세서'를 지급하는 것이다.

하나씩 보면 적은 수입이지만 여러 개가 모이면 생계비가 된다. 급여명세서를 보면 소소한 딴짓이 모여 흰 쌀밥이 되고 한잔의 커피가 되는 것이 눈으로 보인다. 내가 하는 딴짓이 철모르는 여자의 사치스러운 취미가 아니라, 목구멍에 밥을 밀어 넣고 따뜻한 이불 속에서 잠들기 위한 노동이라는 것이 보인다.

딴짓으로 소소한 수익을 올리기 위해 노력해 보자. 플리마켓에서 에코백이나 드라이플라워를 파는 것부터 시작해도 괜찮다. 물론 그날의 교통비와 밥값, 나를 찾아오는 지인들을 위한 커피값 따위를 제하면 남는 돈은 많이 없겠지만, 그럴 때는 남는 돈이 없다고 생각하기보다 지출한 금액과 벌어들인 수익을 명확하게 구분해서 생각하는 게 좋다.

그렇다면 이제 딴짓이 쏠쏠한 이차 수입원이 될 날도 멀지 않았다. 동네 조기축구에서 두 골을 연달아 넣고 그날의 MVP가 되었다고 해서 삶이 극적으로 달라지지는 않는다. 기껏해야 같이 공을 차는 주민들에게 칭찬과 술 한 잔 더 얻어먹을 수 있는 권리가 주어질 뿐.

그렇지만 그것으로도 그날치의 행복은 충분하지 않은가. 그만하면 되지 않은가.

N잡러는 어떻게 일을 구하나요?

“어떻게 N잡러가 되는 거죠?”

N잡러요? 그거야 여러 가지 일을 한 번에 하면 됩니다. 이렇게 현문우답을 한 후에 호탕하게 웃고 안갯속으로 사라지고 싶다. 이 질문에 족집게 강사처럼 답을 줄 수 없는 이유는 우선 N잡러에서 말하는 잡, 즉 직업을 어떻게 정의해야 할지 모르기 때문이다.

여러 가지 직업을 가진 사람을 N잡러라고 부르는 관점에서 보자면, 나는 자영업자이자 프리랜서이며 계약직 노동자이니 N잡러가 틀림없다. 정규직을 제외하고 다양한 노동 형태를 한 번에 경험하는 중이니 말이다.

사회가 분류하는 어떤 카테고리 안에 들어가는 것이

유쾌한 일은 아니지만, 카테고리 안에 들어가지 않는 사람은 그만한 대가를 치러야 한다. 그렇지 않으면 누군가의 관리도, 지원도 받지 못한다.

N잡러가 되기 위해서는 일단 자기가 어떤 형태의 노동을 선호하는지 먼저 생각하는 게 좋다. 육체노동과 정신노동의 배분을 어느 정도로 하는 것이 좋은지, 사람들과 같이 일하는 게 좋은지 혼자 일하는 걸 선호하는지, 정해진 사무실에 출근해서 일하는 게 좋은지 노트북 하나 들고 떠돌아다니는 게 적성에 맞는지 말이다. 오전 9시에 출근해서 오후 6시에 퇴근하는 삶이 편한지, 주당 일하는 시간만 정해져 있어 낮이고 밤이고 그걸 채우면 그만인 일상이 만족스러운지 알면 좋다. 또한 일을 고르는 데 있어 자기만의 기준을 세우는 것도 필요하다. 어떤 일은 받고 어떤 일은 받지 않을 것인지, 돈과 시간, 업무 공간의 유연성과 일의 의미, 커리어와 같은 다양한 가치 중 어느 것에 우선 순위를 둘 것인지, 어느 정도까지 일을 하면 그만할 것인지, 장사와 봉사는 어떻게 구분할 것인지 말이다.

그러나 이 모든 것도 결국은 일이 들어왔을 때의 이야기다. 이제 현실적으로 '그래서 어떻게 일을 구합니까?'에 대해 이야기 나누고 싶다. 어떻게 그렇게 많은 일을 하는가에 앞서, 누가 그 일들을 당신에게 어떤 경로로 맡기는지 말이다.

N잡러로 살고 싶다면 어떻게 해야 할까? 벼룩시장에 내 재능을 적은 광고라도 내야 할지(요즘은 일자리 중계 사이트도 많지만) 기업마다 문을 두드리며 포트폴리오를 내밀어야 할지 모르겠다. '나는 프리랜서요, 그대 내게 일감을 주오'라고 동네방네 떠들고 다니기라도 해야 할까?

농담처럼 들리겠지만 의외로 이 방법이 먹히는 때가 많다. 내가 일하고 싶은 분야가 있다면 주변 지인과 친구들에게 그 사실을 알리는 게 효과적이다. 나는 글을 쓰고 있으며 인터뷰 정리, 서평 작성, 교정교열도 할 줄 안다고, 작은 일이라도 열심히 할 준비가 되어 있으니 연락 달라고. 웹디자이너, 프로그래머, 사진작가, 일러스트레이터도 마찬가지다. 주변에 내가 그 일을 할 수 있고 그럴 만한 시간도 된다고 알리면 언젠가 그 일을 할 사람이 필요할 때 한 번쯤 연락을 주기 마련이다.

한번은 대학 친구가 자기 회사에서 하는 파티에 초대한 적이 있었다. 연예계 콘텐츠를 활용해 중국 팬들을 대상으로 한 서비스를 제공하는 스타트업이었다. 파티에는 연예계 기획사 사장과 마케터가 많았는데, 나는 옆자리의 모르는 사람들과 인사를 하면서 내 직업을 뭐라고 소개할까 고민했다. 언젠가 이 사람들이 내 클라이언트가 될지도 모를 일이었다. 결국 내가 선택한 단어는 '콘텐츠 스토리 작가'였다. 그들 홈페이지의 소개글 작성부터, 인터뷰까지 할 수 있다는 뜻을 담아서.

언제나 영업해야 하는 우리는 우아함과는 거리가 멀다. '관종병'에 걸린 SNS 중독자처럼은 아니어도, 내가 무슨 일을 하고 있고 할 수 있는지를 주변에 많이 알려야 한다. 특히 가장 가까운 지인보다는 조금 먼 지인, 한 다리 건넌 지인, 모임에서 우연히 만난 사람에게서 일감이 온다. 일을 하는 입장에서도 너무 가까운 친구보다는 조금 거리가 있는 사이가 편하다. 일을 할 때는 늘 적당한 예의가 필요하니 말이다. 책임 여부를 따지거나, 얼굴 붉히지 않고 수정을 거듭 요청하거나, 페이를 협상할 때도 '아는 얼굴' 정도인 것이 서로 좋다.

나는 주로 소소한 글을 쓰며 밥벌이를 한다. 출판사 신간을 요약해서 사람들이 보기 좋은 홍보용 글로 만들어 주거나, 누군가를 인터뷰하고 에세이를 쓰거나, 공간을 취재해서 소개글을 썼다. 간단한 글을 고치거나, 리뷰를 쓰기도 했다. 이런 일들은 주로 다른 업무로 우연히 만났던 사람, 청년모임이나 문화행사에서 만났던 사람, 혹은 그들이 소개한 또 다른 사람에게 의뢰를 받았다. 이렇게 일을 받게 된 후로 나는 주변에 더욱더 큰 목소리로 알리는 편이다. 그대가 이름을 불러 주기 전에 나는 다만 백수에 지나지 않았다고. 그대가 일을 준다면 나는 그대에게 가서 프리랜서 작가가 되겠다고.

예전에 한 지역에 있는 현대미술관의 소책자를 만든 적이 있었다. 그 프로젝트에서 나는 책자에 들어갈 글을 썼다. 이렇게 하나의 프로젝트가 시작되면 여러 명의 사람과 함께한다. 일 전체를 조율하는 프로젝트 매니저, 사진작가, 일러스트레이터, 기획자, 디자이너에 이르기까지 다양하다. 프로젝트가 끝나면 이들은 각자 흩어져 새로운 프로젝트에 돌입한다. 새로 사람을 구하는 것도 일이기에 전에 일했던 사람이 괜찮다면 다시 한번 같이 해 보자는 제의가 들어온다.

하여, 프리랜서는 조직에서 일할 때보다 더 완벽하고 깔끔하게, 제대로 해내야만 한다. 그게 다음 일감이 들어오느냐 마느냐를 결정하기 때문이다. 어떻게든 시간을 때우면 될 거라는 생각은 그 프로젝트를 끝으로 더 이상 일을 하지 않겠다고 선언하는 것이나 다름없다. 게다가 인간관계도 더 신경 써야 한다. 무조건 좋은 사람이 될 수도 없고 되어서도 안 되지만, 일을 할 때 불편한 사람이 되어서도 안 된다. 회사 생활의 인간관계는 사람과 사람 사이의 복잡성 때문에 힘들지만, 프리랜서의 사람 스트레스는 다른 방향에서 온다.

하나의 일을 맡아 시작했다면, 그 일을 제대로 하는 것도 당연하지만 그 일을 함께했던 사람들과의 관계도 꾸준히 이어 나가라고 말하고 싶다. 그게 다음 일감을 불러오는 마중물이 될 테니 말이다.

농담처럼 프리랜서는 갑을병정에서 '정'을 맡고 있는 사람이라고들 한다. 농담이 농담 같지 않아 뼈가 아프다. 한 프리랜서에게까지 일이 오려면 갑이 을에게 일을 맡기고, 을이 병에게 의뢰하고, 병이 정을 찾아야 한다. 하여, 갑을 잘 아는 것보다 병을 잘 아는 것이 더 도움이 된다.

예를 들어, 기업에서 제품 마케팅을 하고자 한다면 온라인 마케팅을 하는 회사에 일의 일부를 맡긴다. 온라인 마케팅을 전담하는 회사는 홈페이지 기획을 하는 회사에 일을 조금 떼어서 맡긴다. 홈페이지 기획 회사는 프로그래머와 디자이너, 작가 등을 섭외해 제작을 시작한다. 여기서 내가 디자이너라면, 갑의 위치에 있는 큰 회사를 잘 아는 것보다 홈페이지 기획을 하는 회사를 아는 것이 더 도움이 된다.

살면서 하나의 우물만 팔 필요는 없지만, 프리랜서로

서 안정적으로(이것은 모순 형용이다. 찬란한 슬픔의 봄처럼.) 일감을 따내려면 자신만의 분야를 정하는 것이 유리하다. 작가이자 사진가이며 일러스트레이터이자 프로그래머인 사람은 몹시 유능해 보이면서도 한편으로 전문성이 없어 보이기 때문이다.

이 직업 저 직업 사이를 여행하는 우리에게 정해진 길이라는 건 없다. 이미 남들이 다 걸어서 길이 난 곳을 걷는 게 아니라, 우주의 점과 점을 연결해 자기만의 별자리를 그릴 때가 온 것 같다. '우주를 여행하는 N잡러를 위한 안내서' 같은 것을 내고 싶지만, 나의 우주가 타인의 우주와 달라 섣불리 말을 꺼내기도 어렵다. 그냥 '나는 이랬어'라며 일기장을 슬쩍 보여 줄 수 있을 뿐.

N잡러의 끝은 자영업자?

"나도 바Bar나 해 볼까?"

남들은 '카페나 해 볼까'라고 말한다지만 애주가 중에서도 상애주가인(그리하여 만성 위축성 위염을 선고받고도 운동을 하지 술은 못 끊는) 나는 종종 이렇게 중얼거리곤 했다. 좋아하는 바에 가서 위스키를 마시며 천천히 나른해지는 것이 좋았다. 그렇다면 좋은 손님이 되면 될 것을 어쩌자고 바를 운영해야겠다는 생각까지 하게 되었는지 모르겠다. 아니, 그것도 괜찮다. 생각만 하면 될 것을 어째서 후다닥 실행까지 옮겼는지. 속일 수 없는 한국인의 피. 안 그래도 독립출판이며 축제 기획으로 지옥을 맛보고 있었는데, 자영업까지 하게 된 것이다. 자영업이 결코 만만치 않으리라는 건 잘 알고 있었지만 웬걸. 직접 해 보니 이 세계의 고단함은 내가 생각한 것보다 더, 훨씬 더 컸다. 자영업 세계의 지옥은 프리랜서 세계와는 또 결이 달랐다. (〈신과 함께〉에 무간지옥이 있다면, 이곳에는 자영업지옥이 있다.)

성산동에 열었던 북바는 공간을 셰어하지 않겠냐는 제안을 받고 시작했다. 카페 겸 사무실을 원했던 친구는 낮과 밤 따로 공간을 나눠 쓰자고 했다. 자신은 낮에 카페를 할 테니 밤엔 내가 사용하라는 제안이었다. 보증금 없이 월세와 관리비를 절반만 내면 되는, 혹하는 미끼였다. 술 마시며 책을 읽는 것을 워낙 좋아한 탓에 언젠가 책 읽는 바를 열리라 호언했던 것도 결정을 내리는 데 한몫을 했다. 그래, 경험컬렉터로서 장사 한번 안 해 보면 쓰나!

사실 부모님이 30년 동안 교복 장사를 하신 터라 자영업이 낯설진 않았다. 부모님은 일주일에 한 번 일요일에 쉬고 월요일부터 토요일까지는 아침 10시부터 저녁 8시까지 9시간 동안 꼬박 가게를 지켰다. 언니와 나의 여덟 번의 졸업식에 두 분 다 자리를 지킨 적은 없었다. 열 평 남짓한 공간에서 엄마 아빠는 미싱을 돌리고 커가는 우리의 어깨 너비와 다리 길이를 쟀다.

부모님을 보며 나는 중요한 것은 직업이 아니라 공간일지도 모른다고 생각했다. 왼편에는 세 대의 미싱, 오른편에는 다림판이 있고 위에는 몇 백 벌의 교복이 걸린 그곳이 그분들이 30년을 보낸 공간이었으니까. 투명한 가게 유리문 너머로 보이는 풍경이, 어머니에겐 세상을 바라보는 창이었을 테니까.

부모님을 보며 나는 결코 자영업은 하지 않으리라 다짐했다. 그러나 신의 축복이라는 망각을 내가 지나치게 많이 받은 건지, 나는 그렇게 다짐했던 이유를 잊었다. 역마살이 꼈느냐, 방랑벽이 있느냐는 말을 듣는 내게 어울리지 않는 것이 바로 공간에 얽매이는 것인데 말이다.

자영업자가 되는 건 일한 만큼 버는 것도, 적은 돈으로 작지만 아름다운 가게를 꾸미는 것도 아니었다. 그건 내가 갇힐 감옥을 정성 들여 짓는 것과 같았다. 설사 그것이 아름다운 감옥일지라도 말이다.

북바를 운영할 때는 일주일에 6일을 그곳에 머무를 때도 있었다. 카운터에 앉아 슬쩍 고개만 돌리면 저 구석까지 한눈에 볼 수 있는 작은 공간인데, 커다란 테이블 뒤로는 벽 한 면을 다 덮은 책장이 있고, 바 한가운데엔 매달 주제별로 큐레이션이 바뀌는 책이 진열되어 있었다. 책이 가득한 예쁜 바에서 머무르기. 낭만적으로 보이지만 이 가게를 시작하면서 내 행동반경은 극도로 좁아졌다. 하루의 절반을 그 공간에서만 썼다.

오픈을 준비하는 오후 5시엔 하교하는 근처 중고등학생들이 왁자지껄 떠들며 골목을 누볐다. 8시가 되면 맞은편 이층집에 사는 할아버지가 러닝셔츠 바람으로 나와 담배를 피웠다. 새벽 1시가 넘으면 택시 아저씨가 골목에 차를 주차했다. 길고양이들이 캣맘이 두고 간 먹이를 먹으러 담을 탔다. 그렇게 매일 같은 풍경을 보며 같은 공간에서 비슷한 일을 반복했다.

공간에 매인다는 게 이런 걸까. 좋아하는 카페에 주야장천 가던 때도 있었다. 그야말로 참새가 방앗간 찾듯 매일 같은 시간에 카페에 가서 네다섯 시간씩 있기도 했다. 그러나 비슷한 시간을 써도 내가 언제든 떠날 수 있는 것과 그곳에 있어야만 하는 건 달랐다. 답답했다.

갑자기 문을 닫고 어딘가로 가고 싶을 때도 많았다. 저녁 약속을 잡을 수도 없었다. 떠나고 싶은 걸 꾹 참고 가게를 지켰는데 손님이 하나도 없는 날엔 허탈하기도 했다. 머무르기. 그것이 의무가 된 순간 나는 갑자기 수인이 된 것 같았다. 내가 만든 예쁜 감옥에 갇힌 수인.

자영업에 대한 흔한 환상은 이런 것들이 있다.

“내 가게를 하면 내가 원할 때만 열어야지. 기분이 안 좋으면 문 닫고 놀러 갈 거야."

"조금만 일하고 200만 원만 벌어야지. 난 큰 욕심 없으니까."

"손님이 안 오는 시간엔 여유롭게 책을 읽어야지. 커피 한잔하면서."

그렇지만 현실은 이렇다.

"폭우가 와서 아무도 안 올 것 같은데도 문을 닫을 수가 없어. 이 가게는 늘 열려 있다는 인식을 손님이 가져야 언제라도 편하게 올 수 있기 때문에."

"한 달 내내 일하고 100만 원도 못 가져간다!"

"손님이 없을 때는 온갖 잡일(재고 주문, 예산 관리, 청소, SNS 업데이트 등)을 하느라 여유 부릴 시간이 없다. 아주 가끔 여유가 있을 때는? 커피 마실 마음의 여유가 안 생긴다!"

회사에 다닐 때 마케팅팀이나 인사팀에 있던 동기들은 막막한 미래에 대해 토로하며 이렇게 말했다. 사람은 역시 기술을 배워야 하나 봐. 기술이 있으면 울타리 없이 혼자 먹고살 수 있잖아. 그러나 소위 '기술'을 가졌다는 친구들의 비애는 딱 일한 만큼만 먹고살 수 있다는 것이다. 1시간을 일하면 1시간의 돈을 벌 수 있다. 1시간을 놀면 1시간의 돈을 못 번다. 내가 자는 동안에도 돈이 벌리지 않는다면, 평생 시간과 노동력을 팔며 살아야 한다던데.

지금 고생하면 나이 먹어서는 일을 덜 해도 돈이 벌릴 거라는 희망도 없다. 내가 하루 미용일을 쉬면, 네일 숍 문을 닫으면, 카센터에 안 나가면 하루치 돈은 허공에 날리는 셈이다. 그러니 여름휴가는 언감생심이고 주 5일 근무는 신념이 있어야 가능한 사치다.

영화 〈인타임〉이 생각났다. 시간이 곧 화폐인 미래사회에서는 모든 것을 시간으로 산다. 커피 한 잔의 가격은 8시간, 자동차 한 대 가격은 3년과 같은 식이다. 시간을 다 쓴 사람은 그 자리에서 사망한다. 시간이 곧 돈인 자영업자에게 영화 속 아이디어는 새로울 것도 없다. 돈이 없는 것이 곧 사회적인 사망을 의미하는 요즘 세태에선 돈이 시간이라는 게 오히려 소름 끼치도록 리얼하다.

쓰고 보니 '경고: 자영업을 하지 말 것'과 같은 글이 되고 말았지만 사실 북바를 운영했던 것을 후회하지는 않는다. 게다가 겨우 1년 하고 문을 닫았으니 누구더러 하라 마라 할 처지도 못 된다. 북바를 찾던 단골들은 일찌감치 이 가게가 망할까 걱정하곤 했는데, 정작 주인이었던 난 그래도 해 볼 만했던 고생이라 생각한다.

좋아하는 일이었기 때문이다. 나는 책과 술을 좋아한

다. 술 마시며 읽을 만한 책을 추천하는 것도 즐거움이요, 그 사람에게 딱 맞는 책과 술을 추천하는 것도 잘하는 일 중에 하나라 자부한다. 성산동의 작은 커뮤니티에 서서히 녹아드는 재미도 쏠쏠했다. 연남동은 북적거려서 싫지만 그럼에도 홍대 주변을 떠나지 못하는 이들이 이곳에 왔다. 뮤지션, 배우, 작가들의 성지였다.

먹고사는 숭고한 일에 '재미'라느니 '좋아한다'는 낭만적 가치를 들이대는 게 불편한 사람도 있겠다. 허나 여러 가지 직업으로 내 목구멍을 책임지는 게 목표인 N잡러로서 이건 포기하기 어려운 가치다. "빵을 좋아해? 그럼 빵집을 해!" "꽃을 좋아해? 그럼 꽃집을 해!"라는 말이 대책 없이 들리긴 하겠지만 아예 틀린 말은 아니다.

나는 '이거나 할까' 족이었다. 서점이나 할까. 술집이나 할까. 제주도나 내려가서 살까. 요즘은 점점 '이것도 했네' 족으로 변하고 있다. 서점에서 아르바이트도 했고 술집도 오픈했고 제주 대신 시골살이 1년도 했다. 이렇게 살면서 느낀 건 세상에 '이거나'는 없다는 점이다. 모든 일이 고되었다. 저마다 제 삶에 최선을 다하면서 사는데 담장 너머로 눈만 흘깃거리며 건너편의 삶을 '이거나'로 폄하하지는 않으리라 다짐한다.

자유로운 자영업자는 모순일까?

나는 몸으로 배워야만 깨닫는 유형의 인간이다. 그러니까 전개도를 펼쳐 놓고 조립하면 어떤 모양이냐고 묻는 공간 지각 능력 문제를 보면, 직접 시험지를 잘라 조립하는 타입이다. 그걸 어떻게 상상으로 알아? 해 봐야 알지 하면서 말이다. (기업 적성 시험에서 나는 공간 지각 능력 0점을 맞았다.)

그런 나에 대해 크게 불만은 없는 편이었다. 실은 내심 "해 봐서 깨닫는 게 어디야"라고 생각했던 것 같다. 이제까지도 잘 살아왔는데, 뭐. 그런데 북바를 열고서는 생각이 바뀌었다. 이렇게 모든 걸 직접 해 봐야만 알 수 있다면, 평생 배우기만 하다가 끝날 것 같았다. 때로는 직접 해 보지 않고도 어림짐작할 수 있어야 함을 깨달았다. 그렇게 생각하게 된 건 한번 해 볼까 싶어 가볍게 벌였던 일들의 대가가 혹독했기 때문이다.

7일 중 6일, 저녁 7시부터 새벽 1시까지 자리를 지키는 건 역마살이 끼었다는 이야기를 듣는 내게는 고역이었다. 짧은 국내 여행도 갈 수가 없었다. 문제는 내 밥벌이가 하나가 아닌지라 낮에는 또 다른 일을 해야 한다는 것이었다. 낮에는 글을 쓰고, 밤에는 바를 지키는 일을 계속했다. 자신 있다고 믿었던 책과 술 큐레이션도 점점 일 같았다. 사람들을 만나고 이야기를 듣는 걸 좋아했는데, 바를 지키면서 그 일은 '피곤한 일'이 되었다.

그래서 어떻게든 바에 나가는 날을 줄이기 위해 온갖 꼼수를 생각해 냈다. 아르바이트생을 고용하는 단순한 방법은 인건비 때문에 도저히 실현할 수가 없었다. (내 인건비도 최저시급이 안 되는 마당이었다) 그래서 만들어 낸 것이 '하루 바텐더'다. 바에서는 한 달에 한 번씩 간단하게 칵테일을 만드는 법을 배워 보는 '칵테일 클래스'를 했는데, 이 중 잘한 수강생들을 대상으로 하루 동안 바를 지키는 일을 맡겼다. 바텐더를 하고 싶지만 생업으로는 망설여졌던 사람에게 이 하루 바텐더는 꽤 인기를 끌었다. 바를 운영하는 경험을 해 볼 수 있었기 때문이다.

하루 바텐더는 하루 동안 바를 지키고 마감까지 하고 간다. 수익은 절반으로 나눈다. (임대료를 계산하지 않아 사실 수익의 전부를 넘기는 셈이었다.)

비슷한 개념으로 '요일 가게'라는 게 있었다. 한 달에 하나의 요일을 정해 그날만 바를 지키는 일이다. 하루 바텐더가 정해진 메뉴만 팔아야 한다는 제한이 있었다면, 요일 바텐더는 자기가 메뉴를 개발할 수 있다. 한 달 동안 매주 화요일마다 바를 지켰던 커플은 느닷없이 청하를 팔기도 했다. 카페나 바를 오픈하기 전에 장사에 대한 감을 잡고 싶은 사람이 요일 가게를 신청하곤 했다.

SNS에 미리 공지를 하고 대관 신청을 받은 적도 있었다. 워낙 외진 곳에 있어서 대관비를 받기는 멋쩍었다. 하여, 이곳에서 술을 사 먹으라는 조건 아래 어느 정도 안면이 있는 사람들에게 바를 맡기기도 했다. 출판워크숍이나 프리랜서로 일하는 출판사의 출간 행사가 있을 때면 일일 아르바이트생을 고용했다. 온갖 꼼수를 다 부린 덕에 '자영업자는 가게에 붙들린 노예'라는 프레임에서 조금 벗어날 수 있었다.

물론 부작용도 있었다. 주인이 고정적으로 바를 지키지 않으니 바의 정체성이 흔들렸다. 그나마 '바의 문은 약속한 요일에 늘 열려 있다'는 정책을 지키는 것이 마지노선이었다. 게다가 아무래도 일에 익숙하지 않은 사람들이 지키다 보니 바가 어수선해지기도 했다. 누군가 바를 지킨 다음날에는 잠깐이라도 꼭 바에 들러 책과 식기를 정리해야 했다. 바텐더 교육에 시간이 오래 걸리는 점도 단점이었다.

자영업을 하는 사람에게 이런 식의 태도는 사업 말아먹기 딱 좋은 지름길이지만, 여러 작업을 동시에 하는 내게 이런 꼼수는 숨구멍이었다. N잡러로 살아가길 원하면서, 정해진 공간을 운영하는 것은 쉽지 않았다.

그러나 불가능하지는 않다. 그러니 '내가 해 봐서 아는데'와 '그런 직업은 없어' 같은 말은 좀 더 많은 경험을 쌓은 후에 귀담아들어도 좋을 것 같다.

몸으로 배워야 겨우 아는 수준이지만, 그래도 이렇게 계속 넘어지다 보면 나이 들어서는 보다 잘 넘어지는 법을 배울 수 있지 않을까? 넘어지지 않으리라고는 말하지 못하겠다. 죽는 순간까지 나는 계속 넘어질 것 같다. 나이 들면 한 번만 잘못 넘어져도 위험하다니, 젊을 때 낙법을 잘 익혀 두어야겠다.

충고할 거면
돈 주고 하세요

S은행을 다니던 여자와 S전자를 다니던 남자가 결혼했다. 둘의 연봉을 합치면 1억이 훌쩍 넘는 데다 둘 다 SKY를 나온 인재들인지라 그들의 부모님은 물론이거니와 사회의 축복까지 한껏 받았다. 결혼한 지 반년 만에 회사를 그만두기 전까지는. 제주도로 내려간 이들은 여느 제주 이민자들이 그렇듯 덜 벌고 덜 쓰면서 산다고 했다. 직접 가구를 만들고 텃밭을 가꾸는 등 우리가 '이탈자'들에 대해 가진 환상을 실현하면서 말이다.

이 부부와 친한 내 친구가 제주에 내려갔을 때 그들을 만난 적이 있다. 유명한 예능 PD인 친구는 자연스럽게 요즘 방송에 대해 이야기를 했는데 그들이 정중하면서도 단호하게 그 이야기는 듣고 싶지 않다고 말했단다. 부부의 말에 기분이 상한 친구는 내게 토로했다.

"그런 태도, 부자연스럽지 않아? 결국 자기도 힘들면서 자기 선택을 정당화하려는 거 아냐?"

자신만의 삶의 기준을 세운다는 건 참 어렵다. 주변의 영향을 안 받을 수 없다. 부모님은 30평대 브랜드 아파트에 사시지, 삼성 다니는 걔는 이번에 인센티브만 5천만 원이라더라, 담장만 2미터가 넘는 집에서 사는 사람과 결혼한 동기는 외제차를 선물로 받았다더라. 이런 것들로 기준을 세운다. '이 정도는 살아야지' '이 정도는 몰아야지' '이 정도는 받아야지'의 기준이 세워지는데, 이게 꼭 나쁘지만은 않다. 가끔 내가 생겨 먹은 것과 어울리지 않아 고역일 수는 있겠지만, 삶에서 '선택'이라는 무서운 선물을 하사받은 이상 참고할 만한 예시는 많을수록 좋으니까.

문제는 이 '주변'이라는 것이 상당수 부풀려졌다는 것이다. TV와 인터넷으로 접하는 세상은 너무 빠르고, 화려하고, 자극적이다. 그 세상이 일부라는 걸 머리는 알지만, 몸으로 받아들여지지는 않는다. 세계 고전처럼 오랜 시간, 넓은 지역에서 사랑받는 콘텐츠가 다루고 있는 삶은 미디어에서 나오는 그것보다 시공간적으로 범위가 넓다. 하여, 삶의 기준을 세우는 데 필요한 예시의 폭도 함께 넓어진다. '이 정도'의 범위가 넓어질수록 기준을 선택함에 있어 나의 자세가 여유로워진다.

그러나 고작해야 책으로 쌓은 탑은 웬만한 내공이 아니고서야 눈으로 보는 것들 앞에서 쉽게 무너진다. 《데미안》에서 받은 감명은 포르셰를 타고 내리는 중학교 동창 앞에서 사라지고, 《오래된 미래》를 읽어 봤자 샤넬백이 안 갖고 싶어지기란 쉬운 게 아니니까.

사실 자기 삶의 무게가 솜사탕처럼 가벼운 사람이 얼마나 될까? 모두가 자기가 경험한 것 안에서만 무게를 가늠할 수 있을 뿐이라, 남들에게는 한없이 가벼워 보이는 짐이 본인에게는 허리가 휘도록 무거울 수도 있다. 그러나 요즘 사회는 그런 무거운 것들을 밖으로 꺼내는 걸 환영하지 않는다. 특히 모두가 이렇게 '잘 살고 있다'고 올리는 SNS를 보다 보면 농구 선수 사이에 낀 평범한 사람이 된 것 같다. 그리고 이런 생각이 든다. 내가 작은 게 아닌데. 이상하게 내가 작아 보이네. 그러고 보니 작은 건가. 난 너무 작은 것 같아. 큰일이다. 내가 세상에서 제일 작아!

그러니 어렵게 쌓은 탑을 지키려 하는 것을 너무 탓하지는 말자. 들리는 것들을 가려내려고, 보이는 것이 다가 아니라고 믿으려고, 세계 속에서, 역사 속에서 내가 누구인지 알아내려고 돌 하나씩 올리는 사람들이니까. 그들이 집에 TV를 두지 않는다고, 시청률 기록을 세운 드라마를 안 본다고, BTS가 누군지 모른다고 해도 그저 그들의 삶일 뿐이니까.

누군가를 깎아내림으로써 자신의 행복을 챙기는 사람은 어디나 있다. "너 사실은 행복하지 않지?" "괜히 그런 척하는 거지?"라고 물으며 자신 삶에 대한 정당성을 확보하려 한다. 그런 사람에 맞서 자기 객관화를 잘 하려면 자기 안에 스스로를 반대하는 인물을 수백 명쯤은 두어야 한다. 나는 누군가 첨언을 하기 전에 미리 스스로와 수천 번 전투를 치른다. 내 안의 악마는 나의 약점이 무엇인지 누구보다 잘 알고 있어 가장 치명적인 말로 나를 괴롭힌다. "고작 그런 글솜씨로 밥 벌어 먹고 살겠다고? 부끄럽지도 않아?" "네가 이렇게 살 수 있는 것도 다 젊고 건강해서지. 두고 봐. 이제 나이 먹고 병들 일만 남았으니까." "직업이 여러 개라는 거, 결국 일용직 노동자라는 이야기 아냐?"

태국 북쪽, 치앙마이에서 조금 더 가면 있는 빠이라는 작은 마을에서 한 달 정도 지낸 적이 있었다. 현지인뿐 아니라 외국인들이 오랫동안 머무르기로 유명한 마을이었다. 디지털노마드, 히피, 예술가 들이 그곳으로 모였다. 한 달 동안 그 사람들과 이야기를 나누면서 -10에서 +10이었던 내 삶의 기준이 조금씩 -100에서 +100으로 넓어지는 걸 느낄 수 있었다. 그날 벌어 그날 먹고사는 히피를 보며 어쩌면 저렇게 살지 싶었고, 평생 빠이의 바에서만 연주하는 기타리스트를 보며 저런 삶이 있구나 싶었다.

언젠가 내 삶의 범위를 -1,000에서 +1,000까지, 언젠가는 -10,000에서 +10,000까지 넓혀 볼 생각이다. 그래서 내린 결론이 처음과 같은 0에 그친다고 하더라도, 그때의 0은 처음의 0과는 분명 다를 것 같다.

국가와 사회에 이바지하던 그 커플은 제주도에서 잘 살고 있는지 가끔 궁금하다. 마치 '이탈자들, 그 후의 삶은?'과 같은 다큐멘터리라도 보고 싶다. 어설픈 서울내기들이 텃밭 농사를 망쳤을지도, 공중파 대신 넷플릭스에 빠져 살지도 모르지만, 적어도 그들은 인생을 걸어 삶의 범위를 넓혔다. 그러니 -10이나 +10으로 좀 간 게 그렇게 대수이랴!

지출 줄이는 것의 중요함

예전에 〈더파워〉라는 연극을 본 적이 있다. 국립극단이 광복 70주년을 기념하며 '해방과 구속'이라는 주제로 자본주의의 논리를 보여 준 작품이다. 인터미션을 포함해 3시간에 이르는 길이에, 실험적인 연출 때문에 화제가 되었다. 연극이 끝나고 나서도 나는 한동안 자리에서 일어나지 못했다. 가끔 소설이든 영화든 연극이든, 바로 나에게 말을 거는 것이 있는데, 이 작품이 그랬다.

기억에 남는 장면 중에 이런 것이 있다. 주인공은 출근길에 지하철에서 계속 같은 노숙자를 만난다. 노숙자는 회사를 계속 다니지도, 확 그만두지도 못하는 주인공을 압박하며 소리를 지른다. "넌 내가 되는 게 두려운 거야!" 그걸 보다가 주인공이 아니라 내가 흠칫 놀랐다. 그래, 내가 두려워하는 것은 저것이었지 하면서.

두려움은 막연한 상황일 때 증폭된다. 어둠 속에서는 작은 움직임에도 소스라치게 놀라고, 겁에 질려 있을 때는 그림자조차 귀신으로 보이는 것처럼. 처음 회사를 떠나기로 결정했을 때 내가 두려워했던 것의 최후에는 그 노숙자가 있었다. 모아 놓은 돈은 다 까먹고, 사업은 실패하고, 지인들에게 손 벌릴 염치는 없어서 얼굴을 가리고 거지가 되는 것.

물론 당장 수익이 없다고 거리로 나갈 상황은 아니지만, 수입이 없는데 소비를 그대로 유지할 수는 없었다. 부끄럽게도 그동안 내 소비를 제대로 파악한 적도 별로 없었다. 내가 어디에 얼마를 쓰고 사는지도 잘 몰랐다. 월급이 들어오면 쓰고, 재무상담사가 하라는 대로 보험을 들고 적금을 부었다.

시간을 팔아 돈을 버는 악순환은 끊기 어려웠다. 과도한 일로 지치면 생각 없이 지갑을 열었다. 야근 후에는 당연한 것처럼 택시를 탔고, 친구들이 사는 명품 화장품을 따라 샀고, 억눌린 욕망을 해소하듯 휴가를 모아 해외여행을 다녔다. 그 뒤에는 '내가 이렇게 고생했는데 이런 것도 못 즐겨?' 라는 마음이 숨어 있었다. 실은 '이렇게 즐기기 때문에 이렇게 고생하는구나'가 더 맞는 말 같다. 빈 지갑을 메꾸기 위해 새벽부터 사무실로 나가야 했으니 말이다. 시간을 돈으로 바꾸고, 돈으로 다시 시간을 사면서 나는 천천히 늙어갈 것이다. 시간의 질은 갈수록 자연스럽게 떨어져서, 나는 더 많은 시간을 넣어야 그만큼의 돈을 인출할 수 있을 것이다. 게다가 나이가 들수록 자연스럽게 돈은 더 필요해질 것이다. 병원에 다녀야 할 일도 많아질 테고, 예상치 못한 일도 자주 생길 테니까.

결국 방법은 두 가지였다. 수입을 계속 늘리거나 지출을 줄이는 것. 회사에 남는다면 퇴사하기 전까지는 야금야금 통장 잔고를 불릴 수 있겠지만, 퇴사 후 벌어들일 수익은 일찌감치 독립하는 것보다 더 불안정할 것 같았다. 치킨집 오픈의 대열에 합류하거나 프랜차이즈 빵집 주인이 되어 하루 12시간 서 있어야 하지 않을까 걱정이 되었다. 그에 반해 지출을 줄이는 것은 확실하고 안정적인 방법이었다.

지출을 줄이는 것. 당연한 이야기지만 무작정 허리띠를 졸라매면 불행하다고 느끼기 쉽다. 무작정 굶는 게 요요를 가져오듯, 갑자기 지갑을 열지 않는 것도 부작용이 있을 것이다.

"그렇다면 내게 필요한 돈은 얼마일까?"

중요한 질문이지만 이에 대한 답을 숫자로 명확히 들은 적은 별로 없는 것 같다. 많이. 많을수록 좋지. 남들 있는 만큼. 그런 식으로 답하다 보면 욕망은 모호해지고 욕망을 채우기 위해 우리가 치러야 하는 희생의 값도 모호해진다. '서울에 내 집 마련'처럼 전 국민이 가지는 두리뭉술한 소원 말고, 그게 대치동인지, 등촌동인지, 40세에 갖고 싶은지 60세에 갖고 싶은지는 알아야 회사를 몇 년을 더 다닐지, 365일 중에 365일을 여는 빵집을 해야 하는지 결정할 수가 있다.

게다가 남들의 기준도 시시각각 바뀐다. 그 남들이란 언제는 대학 동창들이었다가, 다른 날엔 회사 동기들이었다가, 같은 아파트 주민이 되기도 한다. 그런 욕망은 바다 위에 떠 있는 부표 같다. 어디로 얼마나 깊이 들어갈지 모르기에 내가 할 수 있는 일은 죽을힘을 다해, 그러다 정말 힘이 다 빠져 죽을 때까지 부표를 향해 헤엄치는 것뿐이다. 부표는 결코 손에 잡히지 않는다. 내가 그 부표가 무엇인지 모른다면.

지갑을 어느 정도 열어야 불행하다고 느끼지 않을까? 나에게 필요한 소비가 어느 정도인가를 파악하는 일은 불필요한 지출을 줄여 나를 위한 시간을 확보하는 첫 걸음이었다. 내게 필요한 지출 목록을 짜고 나면, 만족하지는 못하면서 돈은 쓰는 행동이 뭔지 파악할 수 있었다. 내게 기쁨을 거의 가져다주지 않는 소비를 줄임으로써 내가 소중히 여기는 시간을 덜 팔 수 있었다.

패션이나 쇼핑에 거의 관심이 없던 나는 한때 별생각 없이 주변 지인들이 권하는 비싼 액세서리나 옷을 사곤 했다. 판도라 팔찌가 좋다더라, 마놀라 슈즈가 세일한다더라 하면 그 브랜드를 잘 알지도 못하면서 쇼핑 대열에 꼈다. 또 밥을 먹은 후에 꼭 스타벅스에 가는 습관 때문에 커피값만 한 달에 10만 원 넘게 지출하기도 했다. (그 와중에 바닐라라테만 마셔서 살도 쪘다!) 먹는 것도 그다지 좋아하지 않으면서 좋은 레스토랑에 자주 갔다. 그런 돈을 차근히 줄여 나가는 것이 필요했다. 반면 내가 포기할 수 없는 돈도 있었다. 신간, 그것도 한국 소설은 꼭 사서 보고 싶었다. 좋아하는 극단의 연극도 꾸준히 보고 싶었고, 한 달에 한 번은 어두운 조명의 바에서 위스키도 마시고 싶었다. 좋아하는 사람들을 만나 이야기를 하면서 함께 식사를 하고 싶었고, 내 밥값은 내가 계산하고 싶었다.

그래서 이런 방법으로 돈과 삶의 만족도를 측정해 보았다. 한 달에 월세와 관리비, 통신비와 보험비를 제외하고 용돈을 50만 원으로 제한했다. 이 돈으로 영화도 보고, 책도 사고, 친구랑 술도 한잔 하고, 가끔은 택시도 탔다. 이게 스트레스로 느껴지지 않으면 용돈을 조금 내렸다. 그러다가 힘들어서 빨리 죽겠다 싶으면 용돈을 좀 올렸다. 그렇게 가늠해 본 '행복을 위한 나의 최저생활비'는 월세, 관리비를 모두 포함해 150만 원이었다. 영화도 두 편쯤 보고 가끔 디저트도 사 먹어야 했다. 친구들과 술 먹을 때 통 크게 쏘지는 못해도 더치페이는 할 수 있어야 했고, 결혼식엔 못 가도 장례식엔 가야 했다.

한 달에 150만 원은 당장 수입이 없어지는 내게 너무 큰 돈이었다. 거기엔 주거비(월세와 관리비 등)가 많은 비율을 차지했다. 서울처럼 집값이 비싼 곳에서 살려면 두 가지 방법이 있었다. 하나는 정말 몸만 누울 수 있는 작은 방을 싼값에(그것도 그렇게 싸지도 않지만) 얻는 것, 다른 하나는 목돈을 마련해 전세 혹은 전월세로 들어가는 것. 그러나 관같이 작은 방에 사는 건 삶의 만족도에 너무 큰 영향을 미칠 것 같았다. 볕이 들어오는 창과 내 생활을 보호할 방음벽도 필요했다. 그렇다고 투룸 전세라도 얻으려면 억 소리가 나는 것이 서울 집값이었다. 그러나 요즘은 다른 선택지도 보인다. 주거 공동체에 합류해 넓은 거실을 셰어하면서 살기. 혹은 비교적 집값이

싼 다른 지역으로 가기. 결국 나는 적은 돈으로도 쾌적한 주거 환경을 누릴 수 있는 지방을 선택했다.

부모님이 아프거나 내가 사고가 났을 때를 대비한 목돈도 어느 정도 필요했다. 목돈을 열심히 모은 후에는 150만 원어치의 일만 하고 나머지 시간은 나의 지금을 위해 써야겠다고 생각했다. 만족을 느낄 수 있는 수준까지만 벌고 그 이상의 시간은 자신의 다른 욕구를 위해 쓰라고 강신주 작가가 어느 책에서인가 말한 것이 기억난다.

지출을 줄이면 닥쳐올 삶을 살아갈 자신감이 생긴다. 이 정도 돈이라면 무슨 일을 해서든 벌겠지 하는 생각이 든다. 살다 보면 돈을 벌지 못하는 때는 반드시 온다. 몸이 아프거나, 좋아하는 일을 해야 할 때이거나, 당장 수익은 되지 않지만 멀리 보고 지금 해야 할 일들을 하기 위해서일 수도 있다. 그런 때를 대비해서 보험에 들거나 돈을 왕창 저축하는 일을 할 수도 있지만, 그것은 다시 시간을 팔아야만 하는 순환 고리로 들어가게 만드는 방법이다. 지출을 줄이는 일은 부작용이 적은 안정적인 방법이다. 한 달에 60만 원으로도 생활할 수 있다면 자유는 그만큼 더 커진다.

지출을 줄이면서 나는 묘한 해방감을 느꼈다. 끊임없

이 굴러가는 자본주의의 굴레에서 완전히 벗어날 수는 없지만, 적어도 나를 옭아매는 사슬이 조금은 헐거워진 기분이었다. 내가 원하는 것을 의심하고, 되짚어가는 것은 정신적으로 담백한 기쁨을 주었다.

지금 나의 두려움은 거지가 되는 것이 아니다. 그 두려움은 지나갔다. 두려움 없이 사는 것이 어디 가능하겠냐마는, 두려움을 5월의 별 아래까지 끌고 오는 일은 가능하지 않을까. 두려움을 별 아래 두고 자주 관찰할 예정이다. 나는 무엇을 두려워하는지에 대해.

언제
겨울이 올지 모른다

미국 드라마 〈왕좌의 게임〉 다섯 번째 시즌에는 이런 말이 자주 나온다. Winter is coming. 여기에 나오는 인물들은 주연, 조연을 막론하고 너도나도 비장하게 이 말을 반복한다. 겨울이 오고 있다는 건데, 이 말이 드라마에서 어떤 의미인지 알려면 배경을 이해해야 한다. 일곱 개의 왕국과 수십 개의 가문이 하나의 왕좌를 놓고 치열한 암투를 벌인다. 이들은 불을 뿜는 용이나 친한 동료의 배신보다 겨울을 더 무서워한다. 긴 여름 뒤에 오는 이 긴 겨울은 식량 부족이나 혹독한 추위를 담보한다.

드라마에서 등장인물들이 겨울을 언급할 때마다 프

리랜서의 고단함이란 저런 게 아닌가 하는 생각이 들었다. 언제 일감이 끊길지 모르고, 하고 있는 프로젝트는 곧 끝날 예정이다. 일감이 많을 때라고 해서 안심할 수는 없다. 언제 일이 없을지 모르기 때문이다. 그래서 일이 밀려들 때는 야근과 주말 근무를 자청하면서 그 일들을 최대한 받는다. 그러니 일이 있을 때도 불안, 없을 때도 불안하다.

이 드라마에서 겨울을 두려워하는 이유는 그 혹독함 때문이기도 하지만 '언제 끝날지 모른다는' 데 있다. 인간은 불확실한 행복보다 확실한 불행을 선택한다는 말이 생각난다. 예측할 수 없다는 건, 재난이 오고 있다는 것을 확실히 아는 것보다 더 힘든 일이다.

예측할 수 없는 삶을 살다 보면, 언제 일이 끊길지 모른다는 불안 때문에 낙타가 혹을 만들 듯 일감을 그러모으게 된다. 어느 정도 자금도 있어야 흔들리는 마음을 다잡을 수 있다. 그래서 불안함을 다스릴 몇 가지 팁을 혼자 만들었다.

일은 장기 프로젝트 하나와 단기 프로젝트 몇 가지를 한 번에 맡는 것이 좋다. 장기 프로젝트는 최소 6개월에서 1년 정도로 계약을 맺어야 고정적인 수입원이 된다. 장기 프로젝트가 끝나기 2~3개월 전에는 역시 6개월 이상 고정적으로 수입이 될 다른 일을 찾기 시작해야 한다. 이 사이사이는 단기 프로젝트로 채운다. 짧게 일하면서 어느 정도의 페이와 커리어가 될 만한 일을 물색한다. 이렇게 생활하다 보면 최소한의 안정성을 보장받게 되는데, 이러려면 늘 근무 상태이자 영업 상태여야 한다. 과연 부지런하지 않으면 하기 힘든 게 프리랜서다.

생긴 돈은 절대 손대지 않을 목돈과, 가용 가능하지만 늘 일정 금액을 유지하는 돈, 그리고 매달 들어왔다 나갔다를 반복하는 생활비로 나눴다.

목돈은 전세 보증금이나 적금처럼 웬만해서는 손대지 않아야 했다. 조직 생활을 그만하기로 마음먹으면서 언제 가장 돈이 없어서 서러울지 생각해 보았다. 내가 아플 때? 여행을 못 갈 때? 친구들과 술을 못 마실 때? 그럴 때는 다 괜찮을 것 같았다. 내가 돈을 많이 모으지 못한 것을 후회하는 순간은 아마 사랑하는 사람에게 돈이 절실히 필요할 때일 것 같았다. 그 순간은 아마 높은 확률로 건강의 문제가 될 것이었다. 결혼도 안 하고 자식도 없는 내가 가장 사랑하는 부모님이 아플 때 필요한 돈이 얼마일지 계산하며 그 돈을 나의 목표 목돈으로 삼았다. 지금 그 돈은 내 전세금으로 들어가 있는데, 급하고 중요한 일이 아니고서야 그 돈에 손을 댈 일은 없을 것 같다.

늘 일정 금액을 유지하는 돈은 여행을 가거나 집에 커다란 전자제품을 들이는 것처럼 어느 정도의 돈을 쓸 때를 대비한 것이었다. 이것은 차오르다가 줄어들기를 반복했지만 늘 일정 금액을 유지하려고 노력했다. 때로는 마이너스가 되기도, 때로는 한참 플러스가 되기도 했다. 이것이 내 프리랜서 계절이 여름인가 겨울인가를 재는 척도가 되기도 했다.

마지막으로 생활비는 매달 나가고 들어오는 걸 반복하며 거의 제로 수준을 유지했다. 그래서 적게 벌면 적게 썼고, 많이 버는 달엔 사고 싶은 걸 사거나 맛있는 걸 먹으러 다녔다.

몸부림치며 겨울에 대비할 땔감을 마련해 놓지만 그렇다고 불안이 사라지지는 않는다. 겨울이 언제 올지 모른다는 불안은 개인으로 돈을 벌고서부터 떼어 낼 수 없는 그림자처럼 남았다. 언젠가 정말 제대로 된 겨울이 올지도 모르겠다. 그때까지 내가 할 수 있는 일은 동면에 들어갈 곰처럼 식량을 비축해 두는 일이다.

그렇지만, 지금을 잘 즐기는 것도 중요하다. 멀리 보면 앞날은 너무 아득하고 세상은 하나도 모를 일 투성이다. 높이 나는 새가 멀리 본다는 말처럼, 큰 목표를 가지고 전진하는 것이 도움이 된다. 허나, 나는 불안함이 안개처럼 몰려올 때면, 먼 거리를 보다가도 엎어지면 코 닿을 거리만 보기도 한다. 그 상태에서 조금 나아가면 다시 엎어지고 코 닿을 거리만큼이 더 보인다. 그렇게 하면 조금씩이라도 나아가게 된다. 숨이 턱 막힐 만큼 끝도 없는 미래가 두려울 때면, 한 치 앞만 보자. 이 겨울이 끝나든 끝나지 않든, 일단 지금 한 치를 걸으면 내가 할 일은 다 한 셈이다.

N잡러 방황 극복 노하우

다양한 일로 조금씩 밥을 벌다 보면 생각하지 못했던 난관에 봉착한다. "직업이 뭐예요?"라는 말에 엉뚱한 대답을 해서 실없는 사람이 되거나, 이런저런 말을 두서 없이 주워섬겨 좀 불안해 보이는 것 정도면 양호하다. 요즘 무슨 일을 하느냐는 질문에 몇 가지씩 빠뜨리고 대답을 한다거나, 돈이 안 들어왔는데도 챙기지 못하는 일도 있다.

허나 보다 중요한 문제는 내 안에서 일어난다. "나는 누구인가?"라는 질문을 끊임없이 하게 되는 것이다. 이런 질문은 우리 사회에서 중학생 때 거쳐야 할 2차 성징 같은 것으로 여겨지지만, 나는 서른이 넘은 지금도 같은 질문을 반복한다. 열다섯 살의 나와 지금의 나는 같지 않으니, 질문을 계속하는 것도 이상할 것은 없다. 그렇지만 직업이 정체성의 큰 부분을 차지할 때 직업이 명확하게 정의되지 않으면 정체성도 함께 흔들린다. 질문만 하다 보면 앞으로 나아갈 시간을 잃어버린다. 내가 무슨 일을 하는지 모르겠다는 생각이 들면 황무지에 버려진 것처럼 막막해진다. 어느 한 점을 향해 똑바로 걸어가지는 못하더라도, 적어도 삶의 방향성을 정하는 것은 힘든 삶을 견디는 에너지가 된다.

하여, 다양한 직업으로 밥벌이를 하더라도 자신의 큰 흐름은 정해 두는 것이 좋다. 내게 그것은 '글'이었다. 그러나 내가 유명한 저자도 아니고 국문학 박사 학위를 가진 것도 아니니 입맛에 맞는 글만 쓸 수 있을 리 없었다. 먹고살기 위해 쓰는 글에 문학성 같은 건 따지지 않았다. 바퀴벌레약을 만드는 회사의 카드뉴스 스토리를 정리하다 바퀴벌레 포비아가 치료된 적도 있다. (충격요법이었던 것 같다) 프로젝트가 끝날 때쯤 겨우 바퀴벌레에서 벗어나나 희망을 걸었다가 그다음에 좀벌레와 진드기약을 맡아 울고 싶었던 생각이 난다. 새로 론칭한 코스메틱 브랜드의 홈페이지에 들어갈 글을 써 달라는 제안을 받았을 땐, 과연 글이라는 건 모든 곳에 필요하다는 생각이 들기도 했다. (뷰티 분야는 알지 못해서 그 일을 하지는 않았다.)

축제 기획을 하던 이력 덕에 가끔 행사 기획 제안이 들어오기도 했지만 글 쓰는 일이 아니면 웬만해서는 거절했다. 글로 밥 벌어 먹는 사람이라는 정체성을 밖으로도, 안으로도 지키기 위해서였다.

이런 기준은 다양한 일을 하면서도 '나는 누구인가'에 대한 직업적 정체성을 놓치지 않는 데 도움이 되었다. 다른 일을 벌이더라도 글과 연관된 일을 찾다 보니 북큐레이터나 북바 운영도 하게 되었다. 몸 쓰는 일을 하고 싶어 청소일을 잠시 한 적도 있지만, 며칠 앓아눕고 난 후에야 몸 쓰는 일을 하려면 체력을 먼저 키워야 한다는 사실을 깨닫고 그만두었다.

이 길을 계속 걷다 보면 언젠가 밥뿐만 아니라 커피도 나오고 좋은 술도 나올 수 있지 않을까. 10년, 20년 후에는 어쩌면 내가 쓰고 싶은 글만 쓰고 살 수도 있지 않을까 하는 원대한 꿈을 꾸어 본다.

정체성을 흔드는 건 이뿐만이 아니다. 내가 속한 조직이 없다는 것, 이 길을 나 혼자 걷는다는 느낌 역시 내 삶의 방향을 의심하게 하는 요인이 된다. 아무리 자존감이 강한 사람이라도 혼자 걷는 일은 녹록지 않다. 다양한 직업으로 조금씩 밥벌이하는 방식의 삶을 사는 이가 흔치 않으면 더욱 그렇다.

비공식적일지라도 비슷한 가치를 가진 사람들의 모임에 참여하는 것이 도움이 된다. 내게는 《딴짓》을 만드는 딴짓시스터즈 두 명이 그런 사람들이다. 우리는 월급을 받는 회사보다 이곳에 더 큰 정체성을 두고 있다. 디자인을 맡은 장모연은 사람들에게 자기를 소개할 때 '무슨 기업의 대리'보다 '《딴짓》을 만드는 디자이너'라고 말했다고 한다.

처음부터 수익을 목적으로 모인 것은 아니었다. 수익이 나기 힘든 구조라는 걸 처음부터 알고 있었기 때문이다. 그러나 꾸준히 하다 보니 어느 정도 수익을 낼 만한 길이 보였고, 지금 우리는 생활비의 상당 부분을 이곳에서 벌고 있다. 아마 수익이 나지 않았더라도 내 정체성을 이곳에 먼저 두었을 것임은 분명하다.

소속된 조직이 있다는 것, 그리고 그 조직의 가치관이 내 삶의 자세와 같다는 것, 함께하는 이들의 방향성 역시 그러하다는 점은 큰 힘이 된다.

소속감을 가지는 조직이 꼭 이익 집단일 필요는 없다. 협동조합의 형태나 소규모 모임이라도 좋다. 여성 프리랜서 모임도 있고, 독립출판물 저자 모임도 있다. 스타트업 종사자들의 정보 교환 모임도 찾아보면 많다. 멀리 가려거든 함께 가라는 상투적인 속담이 이 시대까지 살아남은 것은 과연 그 말이 참이어서가 아닐까.

일과 일 사이를 방황하면서 겪는 또 다른 문제는 하나의 일에서 다른 일로 넘어갈 때의 에너지 소모가 크다는 점이다. 또한, 하루에도 몇 가지 일을 해야 하니 그걸 모두 기억하는 일은 피로하다. 쉬는 시간에도 끊임없이 '그 일은 다 했던가' 라는 불안에 몇 번이고 스케줄표를 살피기도 한다.

나는 대략 두 가지 방법으로 이 고민에 대처했다.

하나는 효율적인 업무 관리 어플리케이션을 쓰는 것이다. 현대인의 미덕이 멀티태스킹이어서인지 여러 가지 일을 일목요연하게 정리하는 어플리케이션이 많이 나왔다. 나는 타임블록과 트렐로를 쓴다. 하나의 업무에도 커뮤니케이션을 하는 사람이 다양하므로 오랜 기간 동안 프로젝트를 해야 할 경우엔 나와 같은 툴을 쓰기를 권장하기도 한다. 그럼 매번 카톡이나 문자로 연락을 받지 않아도 트렐로를 확인하는 방법으로 서로의 업무 진행 상황을 체크할 수 있다. 오전에는 해야 할 일을 정리하고, 그 후엔 그것을 하나씩 지워 나가는 방식으로 하루를 보낸다. 혼자 일한다고 해서 마음 내키는대로 일의 우선순위를 매길 수 있는 것도 아니다.

다른 하나는 업무 시간과 휴식 시간을 명확히 나누는 것이다. 업무 시간이 새벽이고 휴식 시간이 낮이어도 괜찮다. (클라이언트와의 소통에서 문제가 생기지 않는다면) 빨래를 돌리고 전자레인지에 밥을 데우다가 글을 쓰는 것도 좋겠지만 나의 경우엔 그렇게 일하다간 종일 일하는 기분이 들어 지치기 쉬웠다. 업무와 휴식 시간이 뒤섞이면 쉴 때도 일하는 것 같아 마음이 편치 않았고, 일할 때도 쉬는 것 같아 딴청을 피우게 되었다. 그러다 보면 시간이 훌쩍 지나 있곤 했다.

이 두 시간을 나누는 기준이 꼭 시간이 아니라도 괜찮다. 책상에 앉아 스탠드를 켠다거나, 제대로 옷을 갖춰 입고 의자에 앉는다거나 하는 어떤 '의식'이어도 좋다.

새로운 노동 형태로 일을 하려면, 그에 맞는 노하우도 필요하다. 서점에 가면 신입사원백서나 직장생활 잘하는 법에 대한 책은 많지만, 유연한 노동을 추구하는 N잡러에 대한 책은 드물다. 언젠가 N잡러가 많아지면 그런 자기계발서도 많아질까? 그때쯤이면 나도 이 새로운 노동 형태에 좀 적응이 되어 있을까?

무계획이
정말 완벽한 계획일까?

가끔 일상에 지칠 때면 나의 할머니가 1916년생이었다는 생각을 한다. 할머니는 일제강점기에 태어나 2차 세계대전을 겪고 해방을 맞은 후에 군부독재를 지나 민주정권이 들어설 때까지 사셨다. 레닌, 유관순, 김구, 이승만, 박정희, 노무현과 같은 이름이 할머니의 인생에 다 있었다. 개울가에서 방망이로 빨랫감을 두들기던 할머니는, 세월이 지나 13층 아파트에서 세탁기를 돌렸다. 일본군 위안부로 끌려가지 않기 위해 일찍 시집을 가던 때, 할머니는 스마트폰으로 손녀에게 카톡을 보내는 장면을 상상이나 했을까.

이런 생각을 하면 인생을 계획하며 사는 게 우스워진

다. 3년 뒤에는 차를 사고 10년 뒤에는 집을 산다는 계획 같은 것들이 아득해진다. 매월 20만 원씩 저축한 돈을 복리의 마법으로 불리고 불려 언젠가 1억을 만들고, 그 돈을 종잣돈 삼아 은행 대출을 있는 대로 받고, 수도권 외곽에 있는 아파트를 사고, 천정부지로 치솟은 아파트값으로 자산을 몇 억으로 불리고, 그 돈으로 노인대학에도 가고 골프도 치는 안락한 노후를 누리겠노라는 야심 찬 계획에 헛웃음이 난다. 그사이 내가 뜻하지 않은 사고로 죽지 않을 확률은 얼마나 되는가? 그 나이까지 내가 암에 걸리지 않을 확률은? 사기를 당하거나 대출금을 갚지 못해서 파산 신청을 할 확률은? 내가 사랑하는 사람이 아파서 병원비로 모든 걸 탕진할 확률은? 국가 부도 위기가 다시 오거나 부동산이 폭락할 확률은?

최근 3년 동안 나는 친구를 둘 잃었다. 한 명은 교통사고였고, 다른 한 명은 백혈병이었다. 백혈병이던 친구는 병을 발견한 지 1년이 채 되지 않아 눈을 감았다. 그들을 보내고 나는 그들과 한 마지막 카톡을 확인했다.

"'사망토론' 코너 봤어? 넌 둘 중에 뭐 선택할래?"

"돈 많이 주는 직업"

"뭐야 ㅋㅋㅋㅋㅋㅋㅋ"

다른 친구와는 이런 연락을 주고받았다.

"뜨거운 물 갑자기 안 나오면 어떻게 해야 해?"

"동파된 거 아냐? 드라이기로 녹여야 할 것 같은데."

이것이 마지막 말이 될 줄 알았을까. 아니, 이렇게 세상을 빨리 떠나게 될 줄 알았을까. TV 프로그램 가지고 시답지 않은 농담이나 주고받을 때는, 그의 삶이 이렇게 갑작스럽고 황당하게 마무리될 줄은 상상도 못 했다. 꽁꽁 언 보일러를 녹이는 방법에 대해 물을 때만 해도 병을 잘 이겨 내고 있는 줄 알았다.

두 사람의 장례식에 연달아 참석하면서 나는 어디선가 신이 룰렛게임을 하고 있는 것 같았다. 선과 악 같은 건 없는 게임. 아무리 생각해도 희비가 랜덤으로 펼쳐지는 게 삶인 것 같았다. 그가 무슨 잘못을 그리해서 느닷없이 죽었을까. 그녀가 무슨 잘못을 했길래 그런 식으로 떠나게 되었을까. 다음 룰렛의 화살표가 나를 향하지 않으리라는 보장은 어디에 있을까. 나는 과연 그 화살표가 마지막이 되어서야 나를 가리키리라는 근거 없는 희망에 인생을 걸고, 이 무리한 계획을 밀고 나가야 할 필요가 있을까.

이런 일들은 내 삶의 방향 추를 현재로 바꾸는 계기가 되었다. 영화 〈월터의 상상은 현실이 된다〉에서 여행 후에 완전히 다른 사람이 된 월터처럼. 누구나 현재와 미래를 저울질하며 그 중간 어디선가 선다. 시간과 에너지를 적당히 배분하면서. 어차피 내일은 알 수 없고, 보험회사의 협박에 못 이겨 100세 인생을 준비하는 게 허상이라면 나는 보다 확실한 오늘에 배팅을 하겠다. 하여, 지금 하고 싶은 걸 하면서 사는 수밖엔 없단 결론에 이르렀고, 그러다 보니 이렇게 비전형적인 삶을 살고 있다. 그러니 이런 식으로 사는 건 '삶은 계획대로 되지 않는다'는 개똥철학의 산물인 셈이다.

할머니는 96년 동안 자신을 먹이고 입히고 재웠다. 나라가 망하고 다시 세워지는 동안에도, 전쟁이 나고 사람들이 죽어 나가는 동안에도, 할머니는 그 오랜 세월 동안 하루 세 번 밥을 지어 먹었다. 쌀을 안치고, 입에 밥을 밀어 넣고, 똥을 누고, 잠을 자고, 일을 하고, 해가 뜨고 지는 것을 거의 100년이 가까운 시간 동안, 무려 3만 5천 번을 보았다. 전쟁이 나고 가족들이 몰살당해도 산 사람에게는 한 끼의 밥이, 한 토막의 잠이 필요했으니까.

이렇게 생각하면 다시 3년 뒤에는 결혼을 하고 5년 뒤에는 아이를 낳는다는 계획을 세워야 하는 게 아닐까 불안해진다. 영화 속 월터는 일상으로 돌아온 후에 남은 인생을 어떻게 살았을까? 그러면서 다시 주택청약통장을 바라보고, 20만 원짜리 적금 상품을 검색해 본다. 펀드라도 배워야 하는 게 아닐까, 요양보험이라도 추가해야 하는 게 아닐까 하면서.

하여, 현재와 미래를 왔다 갔다 하면서 살고 있다. 양쪽에 발을 두고 무게를 조금씩 옮겨 가며. 저축을 얼마나 해야 할지, 내일을 위해 지금의 고난을 어느 정도 감당해야 할지, 여전히 잘 모르겠다. 바다 위에서 고작 제 몸만 한 판 하나를 들고, 어떻게든 몸을 일으키려 애쓰는 서퍼같다.

그래도 아직 젊은 지금은 파도 위에서 넘어져도 괜찮은 때라고 믿고 싶다. 계속 넘어지다 보면 언젠간 제대로 파도를 탈 수 있을지도 모르니 말이다.

다짜고짜 같이 일해 보자는 사람들에 대하여

"기사 봤어요. 같이 해 볼 만한 일이 있을 것도 같고. 맡길 수 있는 일이 있는지 같이 생각해 볼까요? 만나서 이야기해요. 연락주세요."

SNS로 메시지가 왔다. 무슨 말일까? 의뢰를 하겠다는 말일까? 어떤 기사를 보았단 이야기일까? 그것보다 대체 이 사람은 누구일까?

가끔 이렇게 밑도 끝도 없이 만나서 이야기하자는 사람들이 있다. 이유는 대체로 일을 맡길 '수도' 있다는 것이다. 그 말은 나를 위해 어떤 일을 만들어 내겠다는 의미일까? 물론 만나서 재미있는 일을 도모하는 것을 좋아하는 편이다. 에어비앤비 트립을 담당했던 손정은 씨는 사람과 사람을 연결하는 것을 너무 좋아해서 늘 내게 새로운 사람을 소개해 줬다. '월간서른'과 '하이서울', '라이프쉐어' 대표들은 다 손정은 씨를 통해 만난 사람들이다. 그러나 결이 맞는 사람을 소개해 주는 것과 SNS로 '일을 줄 수도 있으니 일단 만나자'라고 말하는 건 완전히 다르다.

막상 후자에 해당되는 사람들을 만나 보면 '개인적으로 당신이 어떤 사람인지 궁금했다'고 말한다. 바쁜 시간을 쪼개(사실 별로 바쁘지 않더라도) 자리에 나온 나는 허탈하다. 그저 궁금하니 만남을 요청해도 된다고 여기는 무례한 자신감은 대체 어디서 나오는 걸까?

프리랜서에게 '일을 줄 수도 있으니 일단 만나자'는 식으로 연락하는 것이 얼마나 무례한 일인지, 막상 겪기 전에는 몰랐던 것 같다. 공자는 태어나면서 아는 사람이 상급이고, 배워서 아는 사람이 그다음이며, 곤란을 겪고 나서야 배우는 사람이 그다음이라고 말했다는데, 나로 말할 것 같으면 공자가 마지막으로 꼽은 그 '곤란을 겪고 나서야 배우는' 사람이다.

막상 그 처지가 되어서야 그간 내가 얼마나 눈치와 예의가 없었는지 많이 깨달았다. 프리랜서가 되어서야 그런 말들이 무례하다는 걸 알았고, 자영업자가 되어서야 그들이 자유롭지 않다는 걸 알았다. 출판사를 꾸역꾸역 운영하면서 예산 문제에 골치를 썩고 나서야 사장이 아니라 직원을 하고 싶다는 주위의 말이 진심일 수도 있다고 생각했다.

처음 《딴짓》을 만든 후 펀딩을 열고 창간 기념회를 할 때 많은 친구가 후원을 해 주었다. 그중에서도 사업을 하는 친구들은 직접 창간 파티에 찾아오거나 꽃을 보내는 식으로 마음을 표현했다. 그렇게까지 가까운 사이가 아니었는데도. 이제야 나는 그 마음이 무엇인지 알 것 같다. 아직도 나는 처음 펀딩을 시작했을 때 후원해 준 사람들의 이름을 잊지 않고 있다. 그래서 이제 지인이 사업을 시작했다고 하면 꼭 찾아가서 무엇이라도 산다. 쇼핑몰이면 옷을 주문하고, 안경점이면 안경을 하나 맞춘다. 그렇게 내는 시간이 서로에게 어떤 의미인지 알기 때문이다.

북바를 오픈했을 땐 사전에 연락하지 않고 가까운 책방에 찾아가는 일도 잘 하지 않았다. 주인 입장에서 지인들이 말없이 오는 게 편하지 않다는 걸 알았기 때문이다. 그들이야 내가 늘 그 공간에 있으니 별다른 약속을 잡지 않고 오는 것이겠지만, 예상치 않은 친구를 맞이하는 일이 때로는 달갑지 않았다. 친구와 손님은 다르기 때문이다. 손님이 많아 말도 제대로 걸지 못하면 괜히 미안하기도 했다. 이렇듯 누군가를 만나는 일은 그 사람이 늘 거기에 있더라도 '약속'을 해야 하는 일이었다. 내가 정말 책만 딱 사고 나올 게 아니라면 말이다.

여러 가지 노동을 해 본 경험은 나를 적어도 노동에 대해서 예민한 감수성을 가진 사람이 되도록 만들었다. '직업이 뭐예요?'라는 질문에서조차 까다롭게 구는 사람이 되었으니 말 다 했다. 그러나 나는 기꺼이 불편함을 감수하면서 예민한 사람이 되고 싶다.

사실 나는 많은 부분에서 무덤덤한 사람이다. 한정된 삶에서 내가 다른 사람보다 더 많은 인식과 경험을 쌓을 확률은 낮으니 내가 상대의 입장에서 생각할 일도 많지 않을 것이다. 우리의 언어는 상처받기 쉬운 사람을 기준으로 만들어져야 한다고 생각한다. 나는 기꺼이 예민해지고 싶다. 불편하고 예민한 사람이 되고 싶다.

'여성' 프리랜서로 일한다는 것

"요즘 학교에서는요. 남자애들이 페미니스트가 싫다는 이야기를 하면 용감하다고 해요. 페미니스트 혐오 발언을 당당하게 하는 게 멋있대요."

아직 대학생인 후배가 해 준 말이었다. 내가 다니던 대학에 총여학생회가 없어졌다는 소식과 함께였다. 후배는 총여학생회에서 발간하는 잡지를 가져왔는데, 거기에는 '당당하게 썅년 되기'에 대한 칼럼이 실려 있었다.

그의 이야기를 듣고 처음에는 황망한 마음이 들었다. 페미니스트 혐오자가 80년대 대학가의 민주 투사와 비슷한 취급을 받는다는 건가? 얼마 전에는 전두환 자택 앞에서 보수 단체가 전두환 옹호 시위까지 벌였다고 하니, 이 기괴한 일에 새삼 혀를 찰 기운도 없었다. 그러다 문득 이 일들이 페미니즘이 예전보다 사회에서 영향력을 가진다는 반증은 아닐까 싶었다. 이제까지 페미니스트들은 대다수의 사람에게 '보이지 않는 사람'이었으니 말이다. 위협이 되지 않으니 무시할 수 있고, 무시하니 보이지 않았을 터였다.

그러나 페미니스트에 대한 반대 발언을 한다는 것은 이제 그것을 두려워한다는 뜻이다. 그 힘을 인정한다는 의미다. 목소리를 내는 것이 용감한 행동으로 취급되는 것은 상대가 힘이 있을 때만 가능한 일이다. 누구도 약한 동물이나 벌레를 괴롭히는 자를 용감하다고 하지 않을 테니 말이다. 페미니즘이 상식이 되고 지성인들의 교양이 되는 사회에서 반대 발언을 하는 건 확실히 용기가 필요한 일이긴 하다. '무식하면 용감하다'라는 말에서도 이미 지성이 용기의 전제가 아니라고 말하고 있지 않은가. 이것 역시 감내해야 할 과정이라는 생각이 들었다.

직장인으로 상사와 식사를 하든, 프리랜서로 클라이언트를 대하든, 자영업자로 손님을 만나든, '여성'이라는 꼬리표는 내게서 떨어진 적이 없었다.

첫 회사는 여성 직원의 비율이 굉장히 낮았는데, 계약직을 제외하고 부서마다 정직원인 여성이 한 명 이상인 경우가 드물었다. 그건 불문율처럼 지켜졌다. 자리가 적은 본사에서는 인사철이 되면 여성 직원끼리 트레이드하는 일도 벌어졌다. 당연히 위로 갈수록 여성의 비율은 낮아졌고, 여성 임원도 거의 없었다. 여성 근속 연수가 굉장히 긴 회사인데도 그랬다. 영업 지점에 있을 땐 남자 선배들이 3차를 가면 여자 후배들은 '눈치껏' 빠져주는 게 사회생활이라 말하기도 했다. '결혼할 생각이 없으면'을 전제 조건으로 나를 밀어 주던 상사도 있었다. 여자라며 은근히 하려는 배려(위험하니까 먼저 들어가, 무거우니까 작은 거 들어)도 있었다. 그걸 '배려'라고 불러야 할지는 모르겠지만 말이다.

프리랜서로 일할 때도 이 꼬리표가 사라지는 건 아니었다. 팀을 꾸려 클라이언트를 만날 때, 우리가 모두 여자, 게다가 '젊은' 여자면 상대가 당황하는 게 느껴졌다. (축제 기획사에서 일할 땐 구성원 다수가 젊은 여자였다) 그래서 부러 정장을 갖춰 입고 미팅에 나가곤 했다. 누군가를 추천해 달라고 하면서 꼭 남자를 선호하는 클라이언트들도 있었다. 출장이 잦아서, 혹은 편하게 부릴 수 있어서 등이 이유였는데, 여자가 어떠한 이유로 더 불편한지는 짐작하고 싶지 않다.

프리랜서의 이야기를 담은 잡지 《프리 낫 프리Free not

free》를 발행하는 이다혜 씨는 일로 사람을 만날 때는 기혼자임을 밝히지 않는다고 했다.

"결혼했다고 하면 남편이 돈 벌어다 주니까 프리랜서 한다는 말 들어. 남편보다 돈 잘 버는 프리랜서들이 얼마나 많은데. 그런데 재밌는 건 남자가 프리랜서라고 했을 땐 대단하시네요, 프리랜서 해서 처자식을 어떻게 먹여 살리세요? 이런다니까."

남자 프리랜서에게도 폭력적인 말이 아닐 수 없다. 어쨌거나 굳이 그럴 필요가 없는데도 클라이언트가 남성이고, 그가 혼자 일을 맡기는 경우에는 프로젝트가 끝나도 식사 한번 제대로 대접하기 껄끄러울 때도 있다. 괜한 오해를 사고 싶지 않아서다.

다행히 내가 이제까지 만난 클라이언트는 대부분 상식적이고 예의 바른 사람이었다. 차별적인 말을 들은 것은 오히려 '가족같이' 가까운 분위기를 강조하는 조직에서였다. 그러나 조직에서 이런 일이 발생하면, 미약하고 형식적이게나마 그 안에서의 처벌 방식이 있다.

이에 반해 프리랜서는 맨몸으로 벌판에 나온 것이나 다름없다. 정당한 계약서를 작성하는 일부터 급여를 받는 일까지 모두 자신이 직접 챙겨야 한다. 차별적인 말이나 행동에 대해서도 직접 대응해야 한다. 개인과 조직의 싸움에서 프리랜서가 승산을 가질 확률은 높지 않아 보인다.

다만 차별적인 말을 들었을 때 그것에 반하는 목소리를 내지 않는 것은 나를 더 눌러도 된다는 암시를 주는 것이나 다름없다. 상식적이지 않은 말을 듣고도 그것이 상식적이지 않다는 이유로 무시하면, 그 말을 한 사람은 자신의 주장이 상식인 줄 아니 말이다. 김현경은《사람, 장소, 환대》에서 모욕적인 말을 들었을 때 명예를 잃는 것이 아니라고 말했다. 모욕적인 말을 듣고도 아무 반응을 하지 않았을 때 진짜 명예가 훼손되는 것이라 했다.

모욕적인 말을 듣고 '교양 있게' 반응하는 것은 내공이 필요한 일이다. 밑바닥까지 내려가지 않으면서 점잖게 대응하기까지는 적잖은 경험이 필요하다. 나는 아직 서툴다. 그러나 연습하지 않으면 언제까지고 서툴 것이다. 나는 기꺼이 불편한 목소리를 내겠다. 나를 지탱하는 밥줄 중 하나가 끊어지더라도. 그건 이 시대의 여성을 위해서도, 프리랜서로 살아갈 다음 세대를 위해서도, 성평등지수가 최하위인 대한민국을 위해서도 아니다. 그냥 나를 위해서다. 후배가 가져온 모교의 잡지에 실린 칼럼처럼, 나는 당당하게 썅년이 되겠다.

결혼은
생각해 본 적 없습니다

은유 작가의 산문집《싸울 때마다 투명해진다》를 읽다 보면, 작가이자 두 아이의 엄마로 사는 그녀의 고단함이 뚝뚝 묻어난다. 하루 세 번 밥상을 차리고, 치우고, 집 안 청소를 하고, 글을 쓰고, 강의를 다니는 작가의 일상을 따라가다 보면 어쩐지 땅이 꺼져라 한숨이 나온다. 아이고, 되다.

그러나 나는 결코 그녀의 고단함을 온전히 이해하지 못할 것이다. 30대 싱글 여성이 남편과 아이에 대해 무엇을 말할 수 있을까. 집안일을 '도와서' 한다고 믿는 남편도 없고, 아기 새처럼 때 되면 밥 달라고 입을 벌리는 아이도 없이, 그저 내 한 몸 잘 건사하면 그만인 삶이니 말이다. 어쩌면 다양한 밥벌이로 살아가려는 실험을 할 수 있는 것도 다 내가 싱글인 덕분인지도 모르겠다.

"비혼주의자가 된 계기는 무엇인가요?"

예전에 출판사 900km의 유튜브 채널 '요즘 것들의 사생활'에 게스트로 나갔다가 혜민 대표에게 이런 질문을 받았다. 결혼할 생각이 없다는 여자친구를 둔 남자친구의 사연을 함께 고민하는 프로그램이었다.

나는 지금 결혼 생각이 없다. 이제까지 한 번도 결혼하고 싶은 적이 없었다. 그건 내가 비혼주의자라기보다, 결혼의 좋은 점이 내게는 딱히 매력적으로 느껴지지 않기 때문이다. 그에 반해, 결혼해서 감수해야 할 것은 내게 더 스트레스일 것 같았다. 결혼이라는 '제도'(낭만적인 약속이 아닌)를 저울에 올려놓고 장점과 단점을 저울질해 봤을 때 적어도 내게는 단점의 무게가 더 크다. 그러나 앞으로 세상이 변하고, 또 내가 변해서 결혼을 하게 될지도 모른다. 그게 마흔이 될지, 환갑이 될지는 모르겠지만 말이다.

한 사람이 어떤 선택을 하면 대개는 "왜 그런 선택을 했어?"라고 질문하기 마련이지만, 입학이나 입사, 결혼처럼 사회적 코스로 여겨지는 선택에는 "왜 그렇게 하지 않았어?"라는 질문이 따라붙는다. "왜 결혼을 안

해?"라는 질문처럼 말이다. 결혼하더도 끝이 아니다. "그럼 아이는 언제 낳아?" "둘째는 생각 없니?" 같은 질문에 답을 해야 하니까. 친구들이 대부분 결혼을 한 나이에, 아직도 혼자 사는 나는 결혼을 하지 '않은 것'에 대해 답변을 요구받는다. 나는 그들에게 "왜 결혼을 했어?"라고 질문하지 않는데도 말이다.

우리나라에서 결혼은 결혼 당사자와 당사자의 약속뿐 아니라 집안과 집안의 계약이기도 하다. 그러기에 결혼 후에도 인생의 중요한 결정은 두 사람뿐 아니라 가족 전체의 동의를 얻어야 한다. 이민을 간다거나, 직장을 그만둔다거나, 아이를 낳지 않겠다거나 하는 문제는 두 사람만 합의를 해서 움직일 수 있는 사안이 아니다. 두 사람이 살 집을 위해 양가에서 돈을 모으는 것만 해도 이 결혼이 두 사람만의 약속이 아니라는 점을 보여 준다. 물론 이 돈으로 보금자리를 마련한 부부가 돈주머니를 꺼내 놓은 부모의 의견을 무시할 수 없는 건 당연하다. 주체성을 발휘하려면 누군가와 싸워야 할 일이 생긴다. 나는 그런 전장에 뛰어들 여력도, 의지도 없다.

사랑하는 사람과 함께 살고 싶다면 동거를 해도 좋다. 우리나라에서는 동거를 입 밖으로 꺼내면 안 될 문란한 것, 발랑 까진 애들이 생각없이 저지르는 일이라고 취급

한다. 그러나 그렇게 말하는 사람들도 알고 있지 않나. 동거를 하지 않더라도 커플끼리 할 건 다 하고 산다는 걸. 동거는 섹스를 위해 하는 게 아니라 서로를 좀 더 알아 가고, 맞춰 보기 위해 하는 것이다. 혹시 아나. 프랑스처럼 동거관련법이 제정된다면 국가가 그렇게 원하는 출산율도 올라갈지.

결혼에 대한 고민은 잠정적으로 '보류'라고 결론지었지만, 사실 3년 전까지만 해도 출산에 대한 결정은 내리지 못하고 있었다. 아이를 낳아야 할까, 말아야 할까. 아이를 낳은 경험과 낳지 않은 경험을 다 해 보고 말할 수 있는 사람은 없으니, 결국 각자의 의견을 양쪽 귀로 듣는 수밖에는 없었다. 육아의 고단함에 대해 치열하게 묘사하는 글도 숱하게 읽었고, 그럼에도 불구하고 아이를 통해 이제까지 경험해 보지 못했던 최고의 기쁨을 느꼈다는 얘기도 많이 들었다. 딱 죽을 만큼 힘들고, 또 그만큼 행복하다는 것이 공통된 증언이었다. 그러나 아이를 통한 기쁨과 고됨이 어떻게 똑같은 강도일까. 저마다 각자의 입장에서 이야기할 뿐이고 그걸 듣는 나 역시 내 입장에서만 해석할 뿐이다.

그러다가 1년 전, 나는 결혼과 마찬가지로 출산 역시 '보류' 결정을 내렸다. 아이를 가진다는 건 어디에도 비할 데 없이 큰 기쁨이라지만, 그 큰 기쁨을 위해 놓칠 수 밖에 없는 다른 작은 기쁨들이 내겐 너무 많았다. 싱글로 지내는 것에 거의 불만이 없다는 점, 미래보다 현재의 가치에 비중을 더 둔다는 점이 '노 키즈'란 결정을 내리게 한 주된 이유였다. 나이가 들수록 아이를 가지는 게 더 힘드니, 아마 이 결정은 마흔을 넘기면서 '보류'에서 '확정'으로 변할 것이다.

그래도 괜찮다. 적어도 선택은 한 셈이니, 그에 대한 결과 역시 기꺼이 받아들일 수 있다. 밥벌이와 마찬가지로 결혼과 출산 같은 인생의 중대한 결정 역시 내가 주체적으로 선택했느냐는 사실은 내게 매우 중요한 문제다. 시간이 지나다 보니, 어쩌다 보니, 우물쭈물하다가, 남들이 다 하니까 등의 이유로 하게 된 선택에는 책임지고 싶은 마음이 들지 않는다. 결과가 좋아도 기꺼이 행복해하지 못하고, 결과가 나빠도 제대로 반성하지 못하게 된다. 그러나 내가 한 선택이라는 점을 인지하면, 결과에 대한 책임도 기꺼이 지게 된다. 결과가 나빠도 반성하고 앞으로 나아갈 힘이 생긴다.

가정을 이룬 프리랜서나 N잡러는 싱글보다 헤쳐나가야 할 산이 더 높아 보인다. 평소 가깝게 지내는 홍현진 기자가 만드는 《마더티브》만 봐도 워킹맘의(이 워킹에는 다양한 형태의 노동이 모두 포함된다) 스케줄은 나의 그것보다 훨씬 살인적이다. 그러나 다양한 밥벌이로 생계를 잇는 부부는 그만큼의 시너지가 생길 것 같기도 하다. 영월군청과 함께 영월을 홍보하는 무크지 《그렇게, 영월》을 만들 때 취재했던 '여행자의 노래' 게스트하우스를 운영하는 부부에게서 그런 가능성을 볼 수 있었다. 게스트하우스, 도서관, 레스토랑, 기타 수업 등을 병행하는 부부는 함께 있어 더 좋은 결과를 낼 수 있는 것처럼 보였다.

한 번밖에 살아 보지 못해서 다른 삶과 비교했을 때 이 삶이 더 좋다고 이야기할 수는 없을 것 같다. 그렇지만 가끔 궁금하다. N잡러 엄마의 이야기가. 아니, 사실 육아가 웬만한 일보다 더 고되다고 하니, 일하는 부모들은 이미 N잡러가 아닌가.

내 정체성에 이름 붙이기

박초롱이라는 이름은 학교 다닐 때 한 반에 두어 명씩 있는 흔한 이름은 아니었다. 그래도 그 시절엔 한글 이름이 유행했던지라(비록 내 이름은 한글인 척하는 한자이지만) 살다가 한 번씩 같은 이름을 가진 사람을 만나곤 했다. 한번 들으면 웬만해선 착각할 수 없는 이름이 마음에 들지 않기도 했다. 군중 속에 숨어 있는 둥 없는 둥 하고 싶은데, 특이한 이름 때문에 나를 눈여겨보는 게 싫었다. 그래서 미용실이나 레스토랑, 안경점, 인터넷 쇼핑몰 같이 내 이름이 무엇이라도 별로 상관없는 곳에서 쓰는 가명이 하나 있다. 그런 곳에서는 주로 그 이름으로 홍보 문자나 전화가 온다.

어떤 이름으로 불리느냐는 중요하다. 직업도 그렇다. 회사원과 직장인은 다르다. 작가와 저자는 다르다. 대학 다닐 때 수업을 들었던 한 교수님은 본인을 교수님이 아니라 선생님이라 불러 달라 부러 요청하셨다. 회사에 다녀도 자신을 회사원이라 칭하는 사람이 있는가 하면, 상사맨이라며 자긍심을 보이는 사람도 있다. 이렇듯 직업에 대해 자긍심을 가진 사람은 참 보기 좋다.

직업, 일자리, 생계 같은 단어보다 밥벌이, 돈벌이라는 말이 좋았다. 그러나 일을 선택하는 기준이 또 '돈'만은 아니므로 보다 적합한 말을 찾고 싶었다. 한 일간지와 인터뷰할 때 기자는 이런 삶의 형태를 'N잡러'라 칭하고 싶어 했다. 여러 가지 일을 한 번에 하니 N잡러라는 말이 어울리는 것 같기도 했다. 《프리 낫 프리》에서 인터뷰할 때는 '프리랜서'라는 이름으로 기사가 나갔다. 《오마이뉴스》에서는 '프로딴짓러의 일기'라는 제목으로 연재를 했으니 '프로딴짓러'라는 말도 맞는 것 같다. 과연, 이 노동 형태를 무엇이라 이름 붙여야 할까?

사람들이 뭐라 부르든, 내 노동의 형태가 변하는 것은 아니니 상관없다고 여겼다. 농담처럼 반백수라고 말하기도 했다. 일거리를 싸 짊어지고 갈지언정 3개월 동안 남미를 돌아다니는 내가 타인의 시선엔 백수 비슷한 것으로 보일 수도 있겠다 싶었다. 그러나 살다 보니 내가 세상을 보는 시선뿐 아니라 세상이 나를 보는 시선 또한 중요했다. 특히 일을 하는 것뿐 아니라 일감을 따오는 사냥꾼 역할까지 해야 하는 내겐 더 그랬다. 사방팔방 돌아다니며 스스로를 홍보해도 모자랄 판에 두리뭉술한 말로 나를 정의하는 것은 득이 될 게 없었다.

나는 노동자다. 이 당연한 사실을 주변 사람에게 알리지 않으면, 종종 그들은 내가 집에서 편안히 쉬고 있다고 생각한다. 당연하다는 듯이 아무 때고 놀자고 연락하거나, 시간 좀 조정해 보라며 내 스케줄을 관리하려 들기도 한다. 예전 룸메이트는 회사에 있을 때 종종 내게 사소한 일을 부탁하곤 했다. 전자제품 AS하기, 집에서 걸어서 10분 거리에 있는 빵집에서 크로와상 사 오기, 분리수거 등 아주 사소한 일이라 안 해 주기는 치사스럽지만, 막상 하다 보면 시간이 꽤 걸리는 일들. 룸메이트가 내게 그런 일을 부탁하는 이유는 '내가 집에 있기 때문'이었다.

집은 내 근무 장소이고, 그 일을 하는 시간은 내 근무 시간인데도 그것을 온전히 인정받지 못했다. 생각해 보면 전자제품 AS야 퇴근 후나 주말에도 받을 수 있는 일이고, 저녁 6시 이후에는 문을 닫는 맛있는 빵집의 빵은 안 먹어도 그만이 아닌가. 물론 내가 평일 낮에 가면 훨씬 사람이 적지만, 그런 이유로 자잘한 심부름을 계속해 줄 수는 없었다.

돈으로 환산되는 시간의 가치는 사람마다 다르겠지만, 자신의 인생에서 시간은 모두에게 동일하게 소중하다. 집에서 일을 한다고 빨래를 돌리면서 노트북 앞에 앉을 수 있는 것도, 설거지를 하며 글을 쓸 수 있는 것도 아니다. 집에서 추리닝 차림으로 일을 하더라도 '나는 지금 일하는 중'이라고 사람들에게 공표하는 게 좋다.

《프리 낫 프리》에서는 어떻게 일자리를 구하냐는 질문에 절반 이상의 프리랜서가 '알음알음'이라고 답했다. 일자리를 나누는 플랫폼에 자신의 커리어를 등록하는 것도 좋지만 실제로 괜찮은 일자리는 기존에 일을 맡긴 회사나, 지인의 지인을 통해 소개팅처럼 들어오곤 했다.

하여, 이곳저곳에 나를 '글 쓰는 사람'으로 알리고 다니는 것이 중요했다. 이렇게 알리다 보면 일감이 들어왔다. 겸손한 척하느라고, 혹은 직업을 명확하게 말할 수 없어서 '그냥 반백수 같은 거죠'라거나 '이것저것 해요'라고 말하면서 치던 그물을 걷는 셈이다.

내 직업적 정체성에 이름을 붙이는 것이 중요한 마지

막 이유는 내 스스로에게 있다. 여러 일로 밥벌이를 하다 보면 가끔 멘탈이 붕괴될 때가 있다. 나는 무엇을 하는 사람일까? 이런 되도 않는 커리어에도 미래가 있을까? 나 혼자만 이렇게 사는 것은 아닐까? 그럴 때 나 자신을 무엇이라도 정의하는 것은 중요하다. 노동의 형태에 이름을 붙이는 것은 삶의 철학을 되짚는 첫 번째 단계가 되기도 한다.

아직 나는 나를 설명할 명확한 한 단어를 찾지 못했다. 프리랜서, N잡러, 프로딴짓러 사이에서 방황하고 있다. 이름대로 운명이 가는 것이라면, 이번 운명의 키는 스스로 잡아도 좋지 않을까. 태어날 때 내 이름은 스스로 결정할 수 없었으니 말이다. 그것이 정해지면 열심히 불러 보겠다. 내게로 와서 꽃이 될 수 있도록.

회사도 동아리도 아닌
느슨한 커뮤니티에 터 잡기

출판사라는 사업장도 있고 안국동에 문화공간도 있는 데다, 용역사업도 하는 걸 봐서는 '딴짓'은 회사인 것 같다. 그러나 생활비에 준하는 금액을 월급으로 받기 시작한 지도 얼마 안 되는 데다가, 돈이 되는 사업보다 하고 싶은 일을 벌이는 데 치중한다는 점에서는 동아리에 가까운 것 같다. 회사라고 하기에는 서로의 관계가 너무 친밀하고, 친목 모임이라고 하기에는 결국 수익성을 목표로 하기에 적절치 않다. 회사와 동아리와 모임의 중간쯤이랄까. 이 느슨한 커뮤니티 덕분에 나는 내 직업이 주는 불안을 해소하며 살 수 있다.

가족 외에 내가 대체 불가능한 존재라고 느낀 건 '딴

짓'이 유일했다. 이곳에 대한 애정은 다녔던 회사보다 컸다. 잡지를 같이 만드는 딴짓시스터즈를 향한 애정 역시 직장 동료에 비할 바가 못 된다.

회사에서 대체 불가능한 내가 되는 게 어려웠던 것과 달리, 출판사 '딴짓'에서 나는 완전히 나로서 존재한다. 게다가 잡지를 만드는 우리 셋은 결코 대체 가능하지 않다. 장모연 디자이너가 없는 《딴짓》이 과연 그 정체성 그대로의 《딴짓》인지 의문이 든다. 늘 소재를 물어 오는 황은주 편집자 없는 《딴짓》이 가능하기나 한 일일까? 잡지를 만드는 우리 셋은 잡지 그 자체의 아이덴티티다. 개인의 특성도 조직에서 그대로 받아들여진다.

그렇다면 왜 '딴짓'은 다른 조직과 다를까?

첫째, 각자 생계수단이 하나 더 있기 때문이다. 《딴짓》에서 편집과 섭외를 맡은 친구는 출판편집자라는 본업이 있다. 디자인을 담당하는 친구는 플로리스트를 겸한다. 나 역시 북바의 주인이었고 축제 기획자, 자유 기고가이기도 했다. '딴짓'에서 나오는 수익이 없는 것은 아니지만 수익이 적더라도 생계를 위협받지는 않는다. 계란을 여러 바구니에 담은 덕이다.

둘째, 그럼에도 불구하고 우리의 정체성은 이곳에 있다. 다양한 일을 하지만 그중 나를 가장 잘 정의하는 것이 '딴짓'이다. 프리랜서의 고독함을 나는 이 소규모 조직에서 위로받는다. 속하는 집단이 있다는 것은 안정감과 소속감을 준다. 이 조직은 쉽게 와해되지 않을 거라는 믿음도 있다.

셋째, 삶을 대하는 태도와 가치가 서로 맞는다. 삶의 목표까지 같을 수는 없겠지만 '딴짓' 구성원은 추구하는 가치가 비슷하다. 또한 위아래가 없다 보니 서로의 말을 경청하고 이해하려 노력한다. 가끔 의견이 충돌하는 경우가 생기더라도 말이 안 통한다거나 상대가 다른 마음을 품고 있어서 고집을 피운다고는 생각해 본 적이 없다. 우리는 공동의 목표를 향해 가기 때문이다.

처음 《딴짓》을 만들고 여러 언론사에서 인터뷰를 요청받자, 멘토를 자청하는 사람들이 몇몇 생겼다. 한 포털사이트 대표와의 저녁 식사 자리에서 그가 이런 충고를 해 준 적이 있다.

"각자 역할과 지분을 확실히 나눠야 해요. 지금이야 셋 다 공동 대표라고 하지만, 일하다 보면 누군가는 책임을 져야 하거든요. 사업이 커지면 수익과 배분, 책임에 대해 논쟁할 수밖에 없어요. 지금 정해야 나중이 편해요."

우리는 이 충고를 따르지 않고 셋이 공동 대표를 자처

하는 방향을 택했다. 그러다 4년차에 접어들고 몸집이 조금씩 커지면서 여러 문제에 맞닥뜨렸다. 열 번째 잡지가 나오고, 문화공간을 운영하게 되면서 해야 할 일이 많아졌다. 주로 사적인 대화가 오가던 카톡방은 대부분 업무 지시나 상의로 메워졌다. 모두 일하는 시간이 다르다 보니 누군가는 새벽에, 누군가는 한밤에 메시지를 남겼다. 각자 담당하는 분야가 겹치다 보니 놓치기도 했다. 수익이 여러 분야에서 생기고, 그 일을 위해 쏟은 시간과 노력이 다르다 보니 정산하기도 애매해졌다.

가장 문제가 불거졌던 건 규모가 큰 외부 사업을 맡은 겨울이었다. 《그렇게, 영월》 제작이 '틈' 오픈과 겹치며 셋 모두 끼니를 제때 챙길 수 없을 정도로 바빠졌다. 마침 황은주의 결혼식도 있었다. 장모연은 퇴사를 앞두고 회사에서의 마지막 프로젝트에 열을 올리고 있었다. 나는 북바 운영과 프리랜서일에 치였다. 모두가 바쁘다 보니 카톡방은 회사 직원들이 있는 방처럼 삭막해졌다. '이번에 김금희 작가 신작 봤어요?' '삼각지에 새로 생긴 초밥집 짱맛!' 대신 '디자인 컨펌해 주세요' '예산서 확인 부탁드려요'와 같은 말이 모래처럼 씹혔다.

어느 날, 누가 먼저라 할 것 없이 긴급 모임을 제안했다. 여유롭게 살자고 '딴짓'을 한 건 아니었지만, 일개

미처럼 살다 보니 우리의 취지를 잊은 것 같았기 때문이다. 좋아하는 일을 하자고 대동단결했는데, 일이 바빠 그걸 즐길 여유를 놓치고 있었다. 여러 난관 앞에서도 이제까지 계속하게 해 준 서로에 대한 끈끈한 애정과 신뢰도 다독일 필요가 있었다. 긴급히 모였던 밤, 우리는 몇 가지를 알게 되었다.

하나, 우리는 각자 '딴짓'으로 얻고 싶은 것이 다르다.

둘, '딴짓'에 쏟을 수 있는 에너지와 시간도 다르다.

셋, 그럼에도 우리 삶의 중심에는 '딴짓'이 있다.

나는 '딴짓'을 중심으로 삼되 그것만으로 내 삶의 정체성을 규정하기는 부족하다고 느꼈고, 황은주는 편집자라는 생업을 유지한 채 '딴짓'을 취미로 삼고 싶어 했다. 장모연은 '딴짓'을 기점으로 플로리스트와 같은 새로운 밥벌이를 하고 싶어 했다. 그래서 결국 지금 하고 있는 일을 출판, 공간 관리, 행정 파트로 나눠 각자 책임지고 담당하기로 했다. 더불어 수익 역시 기여하는 바에 상응하게 나눠 가지기로 했다. 기본급은 같되, 달마다 일한 것에 따른 부가 수익을 다르게 지급하는 방식으로.

'딴짓'은 본격적인 동업과는 조금 다르다. 처음부터 수익을 목표로 시작한 것도 아니었고, 저마다 다른 생계 수단도 있다. 그러나 이런 '딴짓'이 점차 삶을 물들이고,

기어이 삶의 중심에 자리를 잡고 앉았다. 친목 모임에서 회사로, 형태를 조금씩 갖추어 가고 있다. 처음부터 회사로 시작한 곳과는 다르게 체계는 없지만 대신 애정과 가치를 공유하는 동료가 있다. 우리는 이곳에서 정체성을 찾는다. 소속감을 갖는다. 이런 형태의 밥벌이도 있는 것이다.

이 실험이 성공할지, 혹은 처참하게 실패할지 예측하긴 어렵다. 초기 자본금이 거의 없는 우리가 모두 '딴짓'이라는 배로 무사히 옮겨 올 수 있을까? 우리는 한 발자국씩 떼며 이 배가 침몰할지 아닐지를 가늠하고 있다.

옮겨 타고 싶지만
자신이 없다면

가끔 내가 태평양에서 작은 보트 하나를 타고 아등바등 노를 젓고 있다는 생각이 든다. 이 보트는 기껏해야 1~2인용이다. 그마저도 바닥에 자주 구멍이 나서 배 안으로 차오르는 물을 퍼내느라 정신없을 때가 태반이다. 안전한 배에서 뛰어내려 허우적거린 지 만으로 5년이다. 안전한 배라고 해서 옷을 차려입고 칵테일이라도 마실 수 있는 유람선이었느냐. 배는 유조선이었고, 나는 하급 선원 정도였다면 적당할까. 조직의 울타리에서 벗어나 미분적 밥벌이를 하며 사는 삶은 고되다. 그럼에도 오리발을 신거나 숨을 오래 참는 법 따위를 훈련하며 지낸다.

울프소셜클럽의 김진아 대표는 한 인터뷰에서 퇴사 콘텐츠가 젊은 여성에게 해롭다고 말했다. 나는 퇴사 콘텐츠가 너무 범람해 '해롭다'는 말을 들을 정도라는 게 만족스럽다. 그게 옳은 길이어서가 아니라, 이제까지 너무 한쪽의 목소리만 들었기 때문이다.

그럼에도 누군가 조직 밖의 생활이 궁금하다면 이런 길을 제안하고 싶다. 배에서 잠시 내려와 바닷물에 몸을 좀 담갔다가, 다시 밧줄을 타고 배로 올라가는 방법이다. 안전은 확보하면서 적당히 모험을 하는 것이다. 무조건 회사에 있을 필요도, 무조건 퇴사를 할 필요도 없이.

을지로의 바 '십분의일'이 선택한 동업의 길을 보자. '십분의일'은 을지로 인쇄 골목 후미진 곳에 있는 작은 와인바다. 배달 오토바이나 동네 주민만 드문드문 다니는 휑한 골목이지만, 이곳의 입구는 늘 북적거린다. 기다리지 않고는 들어가기 힘들 정도로 인기가 많다. 가게 이름에서 힌트를 얻을 수 있듯 사장이 열 명이다. 열 명이 돈을 함께 모아 바를 차렸다. 바에 상주하며 운영을 총괄하는 건 한 명. 나머지 아홉 명은 평범한 회사원이다. 바에서 나오는 수익으로 한 명의 월급을 충당하고, 손해가 날 때는 열 명이 함께 감당한다. 정기적으로 모여 바 운영에 대해 의논하는 이들의 꿈은 열 가지다. 누군가는 바를 하고 싶어 했고, 다른 누군가는 스튜디오를 차리고 싶어 했다. 누군가는 식당을 해 보고 싶다 했다. '십분의일'이 성공하면 그 돈을 남은 아홉 명 중 한 명의 꿈에 투자한다. 사업이 잘되기만 한다면, 커다란 위험 없이 모두가 안전하게 꿈을 실현해 볼 수 있다. 물론 그중에는 지금 하고 있는 회사 생활에 만족하는 사람도 있다. 그렇지만 회사원이면서 바의 사장이라는 건 또 다른 재미다. 그런 꿈을 꾸고 싶은 젊은이들의 응원 때문일까. 오픈한 지 얼마 안 돼 바 옆에 맥줏집을 열 정도로 인기가 많아졌다.

홍대 동네잡지 《스트리트 H》의 정지연 대표도 인터뷰에서 비슷한 사례를 밝힌 바 있다.

"트레바리에서 로컬 콘텐츠를 주제로 그룹장을 한다. 거기서 만난 한 친구는 외국계 회사에 다니면서 다른 친구 네 명과 같이 사업을 한다. 네 명의 친구는 직장을 놓지 않으면서, 돈을 조금씩 내서 그중 한 명이 낸 가게의 투자자가 된다. 테스트가 끝나면 다른 친구의 회사에 시드 머니를 보낸다. 정말 똑똑하다 싶었다. 생활이 무너질 정도로 사이드잡을 크게 잡지는 않는다는 게 좋아 보였다."

동업이 드문 일이 아닌데도 '십분의일'이 주목받은 건 그 방식이 독특하기 때문이다. 술집을 차리는 데 2,000만 원이 든다고 가정했을 때, 열 명이 모이면 200만 원으로도 충분하다. 리스크를 줄이면서 자신의 새로운 꿈을 향한 한 가닥 실마리를 얻을 기회다. 생업은 포기할 수 없지만, 하고 싶은 꿈이 많은 2030 직장인들에게는 새로운 대안 같았다. 예전에는 동업이라고 하면 둘이나 셋이 돈을 모아 함께 가게를 차리고 운영하는 걸 말했지만 요즘엔 방식이 다양해졌다. 가게 하나를 얻은 후에 공간을 밤낮으로 나눠 쓰는 것도 방법이다. 하나의 공간을 요일별로 나눠 쓰기도 한다. 재무 관리를 하는 사람, 공간을 지키는 사람, 요리를 하는 사람, 이렇게 역할도 나눈다.

이런 새로운 동업의 방식이 낯설진 않다. 내가 운영했던 북바에서도 낮과 밤으로 공간을 나누어 썼기 때문이다. 바를 운영하는 일에는 만만찮은 돈이 들었다. 월세뿐 아니라 전기세, 수도세, 가스비, 정화조비, 건물관리비, 인터넷비, 정수기와 제빙기 렌탈비, 카드단말기 이용비, 세무사비까지. 단순히 임대료와 재료비, 인건비만 생각했던 내게 예상치 않은 지출은 부담스러웠다. 공간을 시간대로 나눠 쓰기로 한 덕분에 이런 비용을 절반씩 부담할 수 있었다. 친구는 아침 10시부터 저녁 6시까지 카페를 운영했고, 나는 저녁 7시부터 다음날 새벽 1시까지 북바를 운영했다. 공간 유지비만 함께 냈을 뿐, 각자의 매출과 수익은 알아서 관리했다.

새로운 시도를 위한 비용이 절반이 된다는 것 외에도 동업의 장점은 있었다. 비록 매출 관리는 각자의 몫이었지만, 옆에 같이 걷는 이가 있다는 건 좋은 위안이 되었다. 손님이 많은 봄가을에는 나는 그들에게 카페를, 그는 바를 소개해 주며 시너지를 얻었다. 자연스럽게 유동인구가 줄어드는 여름과 겨울에는 장사가 안 되는 게 자연스러운 흐름이라고 받아들이며 위로를 얻기도 했다.

물론 동업의 까다로운 면도 있었다. 낮에 카페를 하던 친구가 영업 부진으로 먼저 문을 닫았을 때, 북바도 문을 닫아야 할지 함께 고민해야 했다. 요일 가게의 사장들이 뒷정리를 제대로 하고 가지 않을 때도 있었다. 요일 가게의 매출에서 카드 수수료를 제외하고 사장들에게 돌려주다 보니, 늘어난 매출만큼의 세금을 더 부담해야 했다. 이렇게 새로운 시도를 할 때면 그에 따르는 작은 문제들이 계속 생겼다.

새로운 동업 방식은 다른 길을 모색할 수 있는 틈새 대안이다. 당장 모은 돈이 많지 않아 밥벌이를 그만둘

수는 없지만, 하고 싶은 것이 있는 회사원이라면 시도 해 볼 직하다. 해 보고 싶은 것은 있지만 다른 배로 옮겨 타기에는 자신이 없는 사람에게도 회심의 한 발이 될 수 있다. 이 배에서 저 배로 옮겨 타는 것은 어려운 일이지만, 한 발 정도 올리는 건 훨씬 가벼운 마음으로 할 수 있으니까.

나의 일을 만들어 가는 것

백수가 과로사 한다는 말이 있다. 아마 여기에 나오는 백수는 진짜 일이 없는 백수는 아닐 거다. 회사원도, 자영업자도 아닌 회색 지대에 있는 이들을 부를 이름이 없어서 붙인 게 아닐까. 그들도 이슬만 먹으며 사는 건 아니니 돈을 벌어야 했을 터. 그러니 과로할 수밖에.

내 일을 내가 만드는 일은 고되다. 6년 가까이 다닌 회사를 그만두고 조직에 기대지 않으며 독립적으로 살아남는 건 결코 만만한 일이 아니었다. 안정적인 수입을 위해 계속 일감을 따내는 것도, 그 불안함을 견디는 것도 쉽지 않았다. 회사를 나왔다는 이유만으로 누군가는 나를 낭만적인 이상주의자로 취급하지만, 30년 동안 한

자리에서 장사를 한 상인의 딸로 자라면 꽤 현실적인 사람이 된다. 나는 꼬박꼬박 보험료를 내고 저축을 한다.

처음 걸음을 뗄 때는 아이처럼 겨우 섰다 넘어졌다를 반복하며 내 목구멍에 밀어 넣을 밥을 벌다 보니 직업이 너무 많아졌다. 한 걸음 떨어져 나를 지켜보는 이는 종종 묻는다.

"한 사람이 이 많은 일을 어떻게 해요?"

이런 질문에는 손오공의 분신술에 견줄 만한 대단한 비법이라도 내놓고 싶지만 실상 내 대답은 이렇다.

"못해요."

가장 바빴을 때는 하루도 온전히 쉰 적이 없었다. 일주일에 두 번 기획사에 출근을 했고, 밤에는 북바를 지켰다. 《딴짓》을 만드는 틈틈이 공공기관의 책을 만들었고, 한 달에 두 번은 '틈'에서 작은 행사를 열었다. 바 문을 닫는 이틀 동안엔 출판 강의를 했고, 외주로 들어온 일들을 쳐 냈다. 그야말로 번아웃이 되었다.

그렇다고 돈을 많이 버는 것도 아니었다. 어떤 일은 돈을 벌기 위해 하는 일이었고, 다른 일은 내가 좋아서 하는 일이었고, 또 다른 일은 돈을 벌기 위한 브랜드를 쌓기 위해 하는 일이었다. 아무리 내가 좋아서 하는 일이라도 쉴 틈 없이 일하다 보면 엄마가 늘 하던 말이 생각났다.

"무슨 부귀영화를 누리려고……."

그러나 밀려드는 공을 정신없이 쳐 내다 보면 정작 중요한 일을 놓치고 만다. 급하진 않으나 중요한 일들. 엄마에게 건강검진 받았느냐고 물어 봤던가? 아프다던 친구는 이제 괜찮아졌나? 삶에서 중요한 건 뭐지? 나는 왜 사는 거지? 그런 근본적인 질문으로 다시 돌아가기 위해 끊임없이 되묻는 일 또한 고된 일이다.

그럼에도 불구하고 여러 가지 직업을 가지고 사는 건 내 길을 스스로 개척해 나가는 즐거움과 자긍심 때문이다. 내가 하는 대부분의 일이 나의 이름으로 남았고, 울타리가 없어 악착같이 능력을 길렀으며, 어디서도 잡풀처럼 살아남을 자신감이 생겼다. 이렇게 살다 보면, 언젠가 엄마 말대로 부귀영화를 누릴 수 있게 될까?

"돈이 돈을 버는 거야."

부동산 스터디를 하던 친구가 이런 말을 한 적이 있다. 노동을 팔아 돈을 버는 시대는 지났다고, 노동의 부가 가치를 아무리 올린들 자본이 돈을 벌어들이는 속도를 따라잡을 수는 없다고. 지난 3년간 치솟은 부동산값을 생각하면 어떤 노동으로 밥을 벌지를 심각하게 고민하는 것이 부질없어 보인다. 회사원이든 자영업자든 프리랜서든 N잡러든, 노동을 팔아 돈을 버는 소시민이라는 점에서는 매한가지 아닌가. 그러니 아마 이 일을 통해 부귀영화를 누릴 수는 없을 것 같다.

그럼에도 나에게 맞는 일의 형태를 찾기 위해 발버둥을 치는 이유는 일Work이 내게는 단순한 노동Labor이 아니기 때문이다. 나는 일을 통해 돈만 버는 게 아니다. 이것으로 나를 찾고, 내가 좋아하는 것을 알고, 삶의 의미도 더듬는다. 돈을 벌어들인다는 그 돈이 없는 상황에서, 일마저 단순히 돈벌이 수단으로 전락해 버린다면 내게는 무엇이 남을까. 일의 의미를 놓지 않는 것, 나에게 맞는 일의 형태를 찾아가는 것, 나의 일을 만들어가는 것. 이것이 나의 정체성이다.

아직도 나는 내가 좋아할 수 있고, 사회적으로 인정받을 수 있으며, 경제적으로 적당히 안정적일 수 있는 '상태'를 찾고 있다. 그런 '일'은 아마도 없을 것이다. 나는 적당히 이런 일 저런 일을 껴안으며 살아야 할 것이다. 직업이 뭐냐는 질문에 아마 한동안 적당한 답을 찾지 못할 것이다. 타인의 욕망 속에서 녹슨 나의 취향을 찾아내는 것도 녹록지 않겠지. 그러나 나는 기꺼이 내가 선택한, 이 불편한 삶을 살겠다. 시끌벅적하게. 끙끙거리면서. 고단하게. 딴짓을 하면서.

딴짓 좀 하겠습니다

나를 잃지도 않고 하고 싶은 일도 하고

초판 1쇄 발행 2020년 4월 3일

지은이 박초롱
기획 나희영
책임편집 이나연
디자인 김슬기

펴낸곳 ㈜바다출판사
발행인 김인호
주소 서울시 마포구 어울마당로5길 17 5층(서교동)
전화 322-3675(편집), 322-3575(마케팅)
팩스 322-3858
E-mail badabooks@daum.net
홈페이지 www.badabooks.co.kr

ISBN 979-11-89932-52-7 03810